习近平讲故事

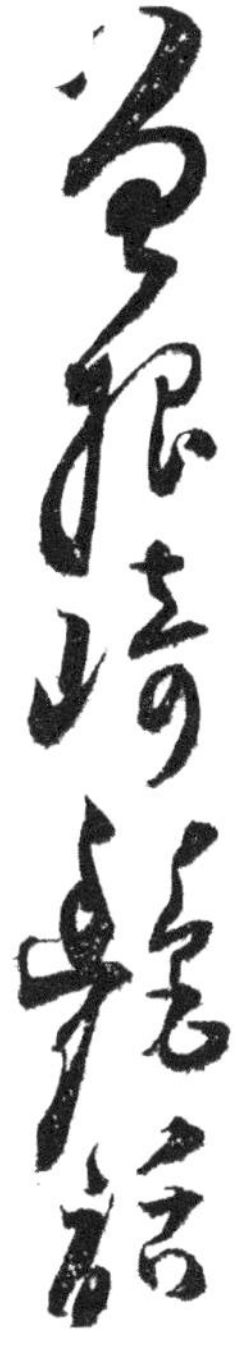

曾根崎艶話

急山人

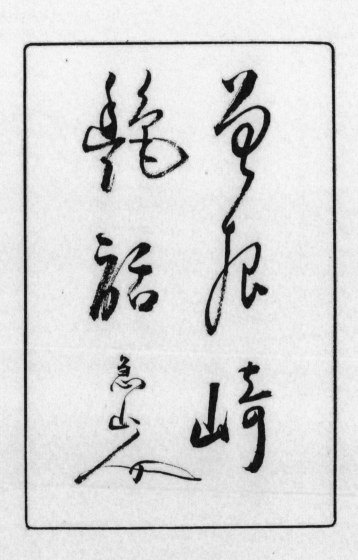

新円問答（序文にかえて）

―昭和二十一年の或る日―

「新円生活に就てはいろいろと面白いお話を各方面で承はりますが、上層階級ほど悲哀を感じて居らるるやうで、お宅さまでも、失礼ながら、お困りで居られると想像いたしますが……」

「誰れだつて困つてゐるだらう、僕の家では老人夫婦に召使二人、四人暮しで新円九百円の生活費だから」

「それでやつてゆかれますか」

「やつてゆかなければ……どうすることも出来ない、先月の勘定では電燈電力料、新聞代、電話料だけの合計が三百九円差引残るところ金五百九十一円だつた」

「不足はどうしてやつてゆきますか」

「手取り早く売喰ひだ」

「お宅さまでも。へい、何をお売りになりますか」

「これから先き何を売るかといふ質問か」

「イヤ、何をお売りになりましたか……」

「先づ第一に、「大正名器鑑」を売つた、此本は幸に二部持つて居つたから一部売つた、千四百円。入札の目録、古雑誌、難有いことに飛ぶやうに売れた。雅俗山荘は進駐軍の御用命によつて移転することになつたので、引越荷物を片付けたが、不用品が相当に出てきた。こんな不用品を処分すると、当分生活には苦しまなくてすむかと安心してゐる」

「そこです、実はそこをねらつてお伺ひ致しましたので、不用品の御処分も結構ですが、先生のお手許には新円が眠つてゐることを知つて居りますので」

「それは耳寄りな話だ、燈台下暗しで気がつかないが」

「それは絶版本の再刊です」

「絶版本？　僕の本は全部絶版だ、発行所には残本一冊も無しだ、どの本を出そうといふのか」

「再版重版そういふ月並な平凡の本では、駄目です、先生が時代の圧迫から止むを得ず絶版したといふ珍本を民主主義時勢の波に乗つて浮び上がるといふ因縁つきでなくては面白くない……」

「そんな本は僕には無いよ」

「イヤ、有ります、匿名で御発行になり、風俗壊乱として告発され、即席裁判で罰金に付せられて、問題が起りそうになつたので、先生の社会的立場から……或は其当時先輩の人達からも「君が大阪の実業界でやつてゆこうといふならばニキビ臭い三文文士の真似をやつてあゝいふ草艸紙めいた本は直ちに絶版にし玉へ」と忠告されたといふ話もきいてゐる。大阪毎日の高木利太さんなぞは絶版勧告組の代表者であり、そういふ関係から当時の新聞社連中は其内情は大概知つてゐる、現にかく言ふ私も知つてゐる一人ですから……」

「あの本かい、君も其事情を知つてゐるのかい」

「愛読しました、傑作です」

「おだてても駄目だよ」

「情話本の元祖だといふだけでも、彼の本をあのまま埋木に葬つて仕舞ふのは、御自身でも可愛そうだとは思ひませんか」

「親不孝の子供だ、死んだ方がアキラメがいいと言ふのだらう」

「然し、不幸の子供ほど可愛そうだとお考えになるのが人情です、況んやそれが果して親不孝であつたのやら、私の知れる範囲によれば、所謂情話ものの流行以前に於て先生の大胆な暴露小説「曾根崎情話」が斯界の先駆者として現はれ、善良の風俗を攪乱する怪しからぬ痴情の睦言と、其筋から一喝をくらつて、屁古垂れたといふのも時勢の罪で、今日から見れば日常座談の笑ひ艸として何人も怪しまない、ヂープに乗合せた小娘を見て何とも思はない程度のものであるのですから、一番奮発して新円かせぎに再刊しては如何です」

「辛辣に弱点を突いておだてるね、「曾根崎情話」と言ふ本を僕は書いたことは無いよ」

「知らばつくれても駄目です、この鹿の子絞り模様麻の葉の艶ぽい本を御覧なさい」

「ゐらい本を持つて来たね、どうしてそんなものを持つてゐるのかい」

「笑つて、誤魔化そうとしても駄目ですよ、チヤンと証拠物件を持参に及んで居るのですから」

「能く御覧、その本は「曾根崎情話」では無いよ」

「成程「曾根崎情話」では無い「曾根崎艶話」！　どうして艶話と言つたのですか」

「其頃はまだ情話といふ言葉は流行しなかつたし、情話といふ文字を使ふとも思ひつかなかつた。井原西鶴の「色道艶話」から考えついて、「曾根崎艶話」とつけたものの此種の人情本は興味本位から其時代色に浸つて耽読すれば、そこにいろいろのモデルが活躍するから面白いので、敗戦国のみじめな今日此頃、殊に曾根崎新地は荒れ果た焦熱の瓦礫の原、恋も情けも昔の夢と消えて、凡そ縁遠い花街《くわがい》の痴話狂ひ、其当時でさへ匿名で出版したものを如何に厚釜しいとは言へ今更老妓の厚化粧、二度の勤は恥曝しに終るから」

「太閤は再勤を顧みずと言ふでせう。殊に何十年前の――四、五十年前の先生のお若い頃の作品で実に珍本ですから」

「四、五十年前？　左様、たしか大正二、三年頃に書いたもので大正四年の末に東京の籾山書店から発行した、五十年にはならないが、四十年近くになる、思へば古い古い昔の話だ」

「感慨無量、青春の夢にあこがれると言ふところですね。此急山人といふペンネームは？……」

「急山人？　そうだ急山人、これは其頃、私が本職の箕面有馬電気軌道株式会社と言ふ、今の京阪神急行電鉄会社の前身であつた、田舎臭い其電車会社にちなんで、箕有山人と言ふ名前を使つてゐたから、箕有山人を急山人ともじつただけで深い意味は無い」

「今度は本名を出して下さらなければ困る」

「本名を、イヤだイヤだ、新円はほしいが、いやだいやだ」

「そう簡単に言はれても、ヘイそうですかと言ふことの出来ない理由がありますが……」

「居直つて権柄づくに、議論でくるのか、理由があるといふならば其理由を承はらう」

「先生こそ急に居直つて……私は議論するのではない陳情せんとするのです、元来此「曾根崎艶話」は花街小説といふよりも我大阪の風俗史として今や捨つべからざる歴然たる珍書部類に属して居るのです。遠く元禄の昔の曾根崎新地には、天の網島に紙屋治兵衛の心中話、近松の浄瑠璃本は千古不滅の誉れを残してゐる、明治大正の曾根崎新地には、おさんの涙に名高い蜆川も天満火事から埋立てられて大河への涼船も跡を絶ち、茶屋行燈におぼろ月夜の忍ぶ逢瀬というやう粋な世界の影はどこにもない、其時代の花街の風俗は、只僅かに「曾根崎艶話」の存在によつてのみうかがひ知ることが出来る、而かも大阪の俳優鴈治郎を初めとして財界一流の名士、其社交的生活と花明柳暗の時代鏡、幾久しく変るところ無き絵巻物として珍重すべき参考書である以上は、仮に先生が御承諾しないとしても、失礼ながら、老齢前途短かき其生涯が終る時は、勝手にどこからでも出版せらるるにきまつてゐる、御承知の如く大阪の出版商人は此点になると、実は書入済みの計画で、粗製濫造的にやられるにきまつてゐるから、ここは私の顔をたてて、黙つて、見て見ぬふりをしておるのが常識ではないでせうか」

「常識？　マサカ……」

「常識でないと言はれるならば、生活と闘争ではイケませんか」

「勝手に熱を吹くね」

「勝手な熱を吹かせて下さい」

「――――」

昭和二十三年二月の吉日

小林一三

目次

曾根崎艶話

襟　替

「豆千代さん襟替エー」

「宜敷うお頼み申しまアす」

桔梗の紋つきたる空色の麻衣《かたびら》の揃ひ着た妓丁《をとこしう》四人、筆太に津川と記せる席《みせ》の日傘を今日襟替の豆千代にさしかけて打水の涼し気な時家《ときや》の門口へ来た、廻礼《まはり》の景気よき高声を聞くと。

「お目出たう」

「お目出たうさん」

と門口へ飛出したのは、豆千代贔屓のおちよぼお光とんと、此春眉を剃《おと》した許りの仲居のお定である。

「綺麗やワ」

「よう似合ふしナ」

と囃し立てる。

「姉ちゃん、どうぞ宜敷ウ」

黒絽の紋付派手な裾模様の豆千代の後方から、一人の妓丁《をとこしう》が大きな角形の渋団扇で絶えず煽ぐ、袂のゆらぐ風につれて、宜い香気が時家の軒に漂ふ。

「豆千代さんお目出度う、美《え》ゑわ。皆さん御苦労さん」

と此家の女将《おかみ》が顔を出す。

「お母ちゃんどうぞ宜敷ウ」

と豆千代は立つたままお辞儀をする。

「まア上んなはれな、お父さんがお待かねだつせ」

「さうだつか、上つてもらいまつさ」

と豆千代はぐいと褄を上げると、だんだら染の長襦袢がこぼれるやうに動く、水色天鵞絨の細い鼻緒の糸柾の下駄に妓丁《をとこしう》が手を添へると、軽く下駄をぬいで上る。

「来たか来たか」

と奥の方から男の声が聞える。

「来ましたぜ」

と豆千代の方からも言ふ。

「や、来たな」

と浴衣着の男と廊下で出遇ふ。

「折角見てやらうと思つて今迄待つて居たんだ、お待かねでお出迎の処ぢや」

豆千代の先に立つて行く男は、涼風の吹き貫く三階の大広間に通る。お時といふ三十五六の瓜実顔の鼻筋のつんと貫《とほ》つた小意気な内儀と、仲居のお定が付添うて来て、取散した坊主枕など片付ける。

「綺麗だな、生意気になるなよ、生意気になると承知しないぞ」

と井田東一は縮麻の座蒲団に坐りながら言ふ。其傍へ豆千代は坐る、嬉しさうな笑顔を半ば隠すやうに、黒塗の小形な有職模様の扇子で扇ぐ、此お客は豆千代の好きな好きな平素《いつも》甘えて「お父さん」と呼ぶ井田東一である。

四十五六の男盛り、でつぷり肥満《ふとつ》た大柄の美男子で、取引所の井田さんとて評判の通人、北浜に居れど未だ一度も投機を試みぬといふ淡泊な性分、色街を洒落で押通す無慾の邪念のない、珍しく官僚の形式を外れた法学士である。

「お父さん、剃《と》ンなはれな」

と平生《いつも》豆千代が、食指《ひとさしゆび》に唾をつけて唇の下に長方形に残せる髯、嘗て代議士の競争に落選した時の記念として愛惜に堪へぬほど大事にして居る其髯を撫でながら言ふと。

「こればかりはお前に言はれたからつて、剃れんテ。此の次又落選したらば剃るよ、それ迄待つべしだ」

斯う言つて時々撫でさせて喜んで居る。その大切な髯をいぢりながら。

「一晩の中に馬鹿に大きくなつたものだ。内儀《おかみ》、見い、もう立派な芸妓ぢやテ」

と井田は麦酒《ビール》を飲み干してコツプを豆千代に渡す。

「豆千代さん、美《え》ゑし、余程この方が美ゑわ」

と内儀は団扇で豆千代を煽ぎながら。

「それ、今日は舍《をき》でい、暑いワ、酔ふといかんし」

豆千代からコツプを受取ると、井田はなみなみと麦酒を注ぐ。

「豆千代はん、あんた、立つてお見」

「お母ちやん、斯うだつか」

と豆千代は素直に立上る。

白絽の下着に黒絽の裾模様、光琳風の蚕豆の花の綾取り、あたりに這ふ蔓の行衛に添うて細腰にからまる風情、桔梗の五ツ紋にきかせて帯は濃い水色地に金と銀摺の七艸の巧に風に乱れたる、白襟は銀の青海波の箔置き、帯留はそら豆つなぎ、豆の実にあしらう宝玉のきらめける、緋の疋田の帯上げの艶に色めける、鼈甲の櫛、翡翠の玉、初めて結ひし島田髷のふつくりと似合ひたる。

「ゑゑワ」とお時は今更のやうに感心して見とれる。

「女は若い中だんなア」

「さうとも、もうお前なんかいくら洒落ても駄目だよ」

「大きに憚りさん、貴方と話をして居るのやおまへん、なア豆千代はん」

「お母ちやん」

と豆千代は仇度なく笑ふ。

「うしろ向いて御覧」

「斯うだつか」

と余り濃くない白粉の首筋を見せて人形の様に立つて見せる。

「もう立派な女ぢや」

井田は一寸手を延して帯の下をなぜる。

「あツ、いやだつせ」

と振向いて笑ひながら坐る。

「貴妓《あんた》とこは誰が見るのや、此様《こない》に能う見立てはるなア」

「姉さんだンね」

「ゑゑ姉さん持つて幸福やわなア」

「豆力か、彼奴は怜悧《りこう》だ」

井田は眼鏡をはづして浴衣の袖を拭く。

「妾《わたい》早う姉さんのやうになりたいワ」

「もう直きだんが、貴妓いくつや」

「十八」

「十八、何年出たのやしナ」

「十五の十二ン月」

「さう、早いもんやな、可愛らしい舞妓さんやつたが」

「内儀、今は可愛らしくないと云ふのか、これはけしからん」

「さうやおまへんがナ、貴方はまあ、よう其様《そない》に言へまんなア、舞妓はんは舞妓はんらしう、芸妓は芸妓らしう、また可愛らしさが違ひまんがナ」

「さうかなア、僕は矢張舞妓同様に可愛いナ、芸妓らしくなつて可愛くなると頗る不安なものだ、さうなると内儀又引受けるかい」

「サア、どうだつしやろ」

「豆千代」

「ゑ」

「お前。いまの話が判つたかい」

「知りまへん」

と笑ひさうにもしない。其実何もかも能く判りぬいてゐる。

「芸妓はんになつたいうて、さう急になんぼなんでも、なアお定、さうだつしやろ」

「お内儀さんあきまへんで、豆千代はんには、好きな人がおますよつてな」

とお定は笑ひながら云ふ。

「姉ちやん虚言《うそ》やし」

豆千代は麻のハンケチで額際の汗を押えるやうに拭いて、軽く白粉紙を遣ひながら言ふ。

「ぢや好きな人は無いの」

「おまへん」

「不景気やな」

「不景気だすせ」

「いやに、こましやくれた事を言ふな。そんな生意気なことを言ふと、うんとお酒を飲ますぞ」

「オオ恐《こは》、お父さん堪忍」

「うん、よしツ、矢張お前は愛《う》い妓《やつ》ぢやテ、酒の代りに御褒美をやらうか」

「お饅だつか」

「お饅より飯を食はしてやらう」

「御飯食べたいわ」

「オ、色気なしツ」

と言ひながらお定は手を拍く。

「そいでもお母ちやんお腹が空いたわ」

「飯を食ふのに色気がいるもんか、内儀、うんと御馳走してやれ、今日は襟替のお祝ぢや」

「家にお祝の赤の御飯が来ておます、井田さん貴方《あんた》も食べなはらんか」

「豆千代の配り物か、そいつは有難い」

「豆千代さん貴妓《あんた》何にしなはる」

「お母ちやん、何でも宜敷ゆおます、お母ちやん笑ひなはんなや、真実《ほんま》に言ふとな、妾昨夜から御飯を少《ちよつ》とも食べへんのん」

「昨夜《ゆふべ》から、まアどうしなはつたのや」

「お父さんに叱られるさかい、いや」

気になるやうな黒い歯が日頃の丹精に見苦しく無い程白くなつた唇の紅の端を一寸舐めて、俯向勝に、黒い眸を裾模様のうす紫の豆の花の上に注視《そそい》だまま豆千代は云つた。

「言はないと尚叱るよ」

井田の言葉付の少し荒いのが、竹を割つたやうに「ねばり気がなくて嬉しい」と曾根崎第一の名妓であつた清子《せいこ》といふ年増女が、大事の旦那に隠れて、客情夫《いろ》として浮名を流したほどの酔者であるから、赤い帯の矢吉彌《やぎつちや》も物言ひの男らしいのに、親しむのは少しも不思議ではない。

「叱責《しか》んなはんなヤ」

と豆千代は、柔能く剛を制すと言つた様に軽く言つて。

「お母ちやん言ひまつせ」

恩に被せるやうな重々しい態度で内儀と顔を見合はせる。

「はアはア、言ひなはれ」

「妾、嬉して御飯が食べられなんだの」

「何が嬉しかつた、そんなに」

井田は脇息を膝の前に置直して両肱をつく、三階の段梯子を上りつめたるおちよぼのお光とんは、頭の頂上に載かつて居る小さい島田に白い丈長を見せて入口に坐ると。

「門野へ電話をかけて大急ぎで御膳をと言ふとくれ」

と内儀はおちよぼに命令《いいつけ》てから、井田に尋ねる。

「門野でよろしゆおまつしやろ」

「門野結構、大急ぎだぞ」

「お二人《ふたり》前だんな」

とおちよぼは念を押して下りてゆく。

「飯が食へないほど何が嬉しかつた」

井田は乗気になつて、腮に両手を添へて首をぬつと突出し、葉巻の煙を細く長く吹き出しながら尋ねた。

「それかて見なはれ、襟替だつしやらう」

「襟替がそんなに嬉しいか」

「嬉しいわ」

「なぜ嬉しい」

「けど、なアお母ちやん」

と豆千代は内儀を見る。

「お母ちやんは知らんし」

とお時は笑つて居る。

「早う衣服《べべ》が着て見たうおまつしやろ」

「衣服《きもの》を着るのが嬉しくつて、それで飯が食へぬといふのか、馬鹿気た話だな」

「そやおまへんけど」

「だつて今さう言つたぢや無いか」

「衣服《べべ》ばかりやおまへん。いろいろ用がおまつせ」

「これは驚いた、用事があるから飯が食へんと言ふのか、お前の話はこれだから佳《い》いよ、此位要領を得ん所に味はひがあるテ」

「これでもちやんと要領得てるし、な、お母ちやん」

「さ、どうやろな」

「用事ツて甚麽《どんな》用事があるのか」

「おまツせたんと」

「あるなら言うて見い」

「あるわ」

「云へなければ云はぬでよいが、結局嬉しい理由が判らないものとすれば、内儀、豆千代に飯を食はすことは止さうよ」

「大事おまへん」

豆千代は嬉しさうに笑つて居る。

「こいつは応へんから不可《いかん》て、嬉しい理由を明白に云はないと、もう絶交だ」

「絶交て何に」

「もう お前は招《よば》んツ」

「いやだツせ」

「それならば斯ういふ訳で嬉しいと明白《はつきり》言ひな」

「そないに言うたかて貴方襟替して見なはれな直ぐ判るわ」

「馬鹿にしてらア、はははは」

井田はツト立つて、座敷の真中に寝ころんだと思ふと、両足を拡げて後から豆千代を股間にはさむ。

「紋付《べべ》が皺になりまんがな」

と豆千代は悲しさうに云つたものの、其足を払ふともせず、両手を髪にあてて鬢のこはれるのを気にして忸として居る、井田はお座敷では平素《いつも》這麽《こんな》ことは平気で戯れて豆千代も又それを楽しみにしてほたえても見たり、ざれても見て居るが、今日は情なさうに、眉の上に小皺を寄せた。

「今日は中止《おき》なはれな、紋付《べべ》が皺苦茶になるわ」

とお時は井田の鬚毛を一寸ひく。

「あ痛タ」と足をのける。

「いい気味」

と云ひながら豆千代は静かに立上つて、ゆるやかな裾さばき、すり足で床の間つづきの襖の前に立つ。

「お母ちやんお枕は」

「枕だつか」

仲居のお定は前刻《さつき》片付けた坊主枕を押入から出すと、豆千代は受取つて、自《おの》が手枕に寝ころんで居る井田の横に坐つて枕をあてる。

「お父さん、煽ぎまよか」

「煽いで呉れるなら黙つて煽ぎな、ことはつて置いて煽ぐやつがあるもんか」

「よう貴方、そない理窟が云へまんなア、豆千代さん、放ときいでエ」

「大事おまへん、煽いだげまつせ」

豆千代は井田の胸毛のそよぐほどの軽い団扇づかひ、左の手は井田の握るにまかせて居る。

「エライ汗だつしやらう」

握られた其手の袖口から扇の風を入れながら豆千代は言つた。

「いい香《にほひ》だ」

「まア」

「指輪が出来たね」

と井田はダイヤモンドの指輪を弄りながら見上げると、豆千代はさつと顔を赤うした。

「姉さんから」と言ひ憎くさうに言つた。

「虚言《うそ》を言へ」

「…………」

「まア結構だ、大事にしてあげるのだよ」

「虚言、姉さんにこしらへて貰うたんの」

「馬鹿を言へ、大丈夫、僕に呉れとは言はないから」

「あげま」

「屹度呉れるか」

「姉さんに聞いて見なはれ」

「いやに姉さんの袖の下に隠れるぢや無いか」

「さうかて衣服《べべ》でも何でも姉さんがこしらえてくりやはりましたんやさかい、妾、昨日まで衣服《べべ》知りまへなんだの、昨日の昼過ぎ姉さん所から何も彼もそろへて、届けてくりやはりましたの、嬉しかつたわ」

「何故早く届けてもらはなかつたのだ」

「早いと直ぐ着て見まつしやろ、それがいきめへんね」

「それでは何日《いつ》初めて着たのか」

「昨日《きのふ》来ると直ぐ着て見ました、可笑しゆうてな」

「なぜ可笑しい」

「能う着られまへんさかい、宅《うち》のお母ちやんは力がおまへんだつしやろ、舞妓はんの時は帯は七寸に広う折りまつしやろ、今度は細いさかいナ、何や知らん、前部がぐしやぐしやだつしやろ、たよりのうてたよりのうて、難儀しましたぜ」

「ふむ、えらい事が難儀だな」

「そやおまへんか、なアお母ちやん」

とお時に同情をもとむるやうな口振。

「嬉しかつたやろ、豆千代さん、真実《ほんま》に嬉しかつたやろと思ふワ」

「嬉しゆおましたぜ、豆奴姉さんも久奴姉さんも襟替の時は、其前の二日は休みやつたよつて、妾も休みたうてな、休まうおもたら、お母ちやん、松糸からお約束を云うてきやはつたんでお断りいふと叱られまつしやろ、その代り妾昨夜《ゆふべ》は九時頃にそつとお梅はん姉さんに去《い》なして貰ひましたの」
と豆千代は話しながら、不図昨夜のことを思出した。

…………………

まばらに金砂子の見ゆる緋の絽の長襦袢に、瀟洒《あつさり》と赤地に白糸で紅葉の総縫の半襟を深く合はせ、派手な格子縞の長い袖の羅《うすもの》を着て、白茶地に銀襴大模様の帯を矢《や》吉彌《ぎつちや》に胸高に締めて、八分幅の赤の平ぐけに桔梗の紋の金具した帯留を一文字にしめて、高髷に定紋の銀の平打、紫陽花の花櫛に、くす玉の花かんざし、赤紐の前髪ぐくりして、濃化粧の可愛らしい豆千代の舞妓姿を前に置いて、松糸の奥の離座敷に、浴衣がけのお客は、南船場の大原といふ綿屋の若旦那である。

食後の果物に汚れた手を冷たい手拭で拭きながら蒲《がま》を敷詰めてある椽側に出た。

「豆千代、お前の舞妓姿もこれで見納めだなア」

その濃艶なる、絵を見るやうな、市松人形のやうな、豆千代の、笹色紅の柔い唇元を凝乎と見て、若旦那は莨の灰を庭先にふつと吹落しながら、斯う言ふと。

「早う舞妓はんを廃めたいワ」

「早いも遅いもないぢやないか、もう今夜限でせう、お目出度う」

妙に「お目出度う」に力を入れて、一寸お辞儀をする真似をした時、豆千代と顔を見合はした、豆千代は直に下膨れの頬を紅に染めて笑ひ顔をしながら。

「大けに」と軽くお辞儀をした。

夕飯後のあとの取片付をして居た仲居のお梅は今年二十八、二十貫もあらうといふ肥満の体に似合はぬ愛嬌よし、素肌に羅を着込んで、黒繻子の絽と紅なし友染の昼夜帯を小さく下げて、誰ぞに貰うたと云ふ御自慢のエメラルドの帯留を癖のやうに弄りながら。

「今夜は又ちよつとも風がおまへんさかいに暑つおまんな、豆千代はん、あんた若旦那の傍へ出なはれな、椽先はまだましだつしやろ」

豆千代は言はるるままに、静かに裾を曳いて、若旦那と差向ひに坐ると、樫の植込の影から、風に連れて永楽館の交代目《かはり》らしい太鼓の音が聞える。

「姉さん、ゑゑ風が来るし」

と豆千代は言つた。

裏町を堺の高塀の小窓からこの椽側へ落込むやうに涼風が吹いて来ると、菱富の蒲焼の香までがぷんと若旦那の鼻を衝く。

「お梅、今ここで御飯を食べな、鰻のいい香《にほひ》がするよ」

「大けに憚り様、若旦那のご親切はそんなもんやし、なア豆千代はん」

とお梅は笑ひながら言つて、そして小さい声で。

「豆千代はん、あんた、浴衣と着代へなはつたらどうや」

「姉さん」と言つただけで、可いとも不可《わる》いとも言はぬ。

「どうしなはる、席《みせ》からは疾に来てまつせ」

「姉さん」と言つてそれから若旦那の顔を見る。

「面倒臭けりやそのままに居な、又何所ぞへ行くのに宜いだらうから」

「何処へも行かへんわ、もう休業」

「瀧柳は大丈夫かい」

「またあんなこと言やはる、知りまへんがな」

「又瀧柳だつか可哀さうに」

と、お梅は豆千代が二年程前一寸なじんだお客のあつた瀧柳、その茶屋の噂が出ると熱心に助太刀をする。

「豆千代はん、早う着換へなはれ、あんた今夜は舞妓はんの寝納めだんがナ」

「姉さん……」

と豆千代は甘えるやうに言つて、ついと立つたまま、黙つて勝手の方へ出て行つた。

「若旦那、こつちやにしまへう」

と、お梅は煙草盆を下げて隣の茶室に立つてゆく。

中の間の本座敷に面して広い庭を局限《しきつ》た四目垣に千家好みの枝折戸、もつこくの植込から透して表二階や中の間の様子は葉越しに見ゆるけれど、此四畳半の茶室は向ふからは少しも見えないやうに出来て居る、小さい電燈は水色絹の袋に掩はれて居るから、部屋の中は淡きこと夢の如しだ。

永禄元年春王正月と銘ある唐銅の鳥居を輪切りにした高さ一尺位の筒の風炉に夏目形寒《かん》雉《ち》のあられ釜をかけ、床には広業の人物の横軸、柱には蟬籠に木槿二三輪、やさしう咲いたを活けたるなぞいみじくも風雅に飾り付けてある。室の中央に白布を被せた蒲団、絽の友仙に白麻の裏付けた小さき夜具が二ツ折にして重ねてある。枕元を五尺余り離れて扇風器は盛んに音を立てて居る。ぐたりと寝もせず坐つても居ぬ様な恰好で若旦那は。

「お梅、もうあんたに用はありませんよ」

「まアよう言へまんな」

と立つたお梅と出ちがひに、豆千代は大小渦巻のしぼりの浴衣の裾を曳いて黙つて這入つて来た。四寸幅もある赤の伊達巻を二ツ折に軽く巻いたのが、なまめかしい、膝を半分ばかり若旦那と同じ蒲団に乗せて坐つた豆千代は無言である。

「豆千代」

豆千代は返事をしなくてニツと笑つた。

「嬉しいか」

「嬉れしゆおま」

「たよりない返事やな」

「ほんまにうれしゆおま」

「なんやしらんお前はたよりないなア」

「さうだつか、舞妓はんはたよりない方が宜《ええ》ツて」

豆千代は淑やかに、そして甘える様に、顔を横さまに若旦那を見上げた、涼しい風が椽の曇障子から吹入つた。

……………………

——、と此事を豆千代は思ひ出したのだ、松糸のお約束を九時頃にそつと帰して貰つたと明乎《きつぱり》と謂ふは謂ふたが気が咎めて顔が赤くなつて、その跡を謂ひ淀んだ、井田は少しも気が付かないやうだつた。

「九時に帰つたツて、それからどうした」

「宅《うち》へ帰ると何や彼や忙がしゆて、とうとうお母ちやん、寝たのが今朝の二時頃だした」

「何がいそがしいもんか、却つて邪魔になる位のものだ」

と井田は無邪気な話に釣込まれた様な風が上手で若い妓を巧に綾なして居る。

「舞妓はんは昨夜限りだつしやろ、それを一々片付けて、それから今日の支度だつしやろ、持つものも皆な代えんなりまへんがナ」

「何も片付けるのは昨夜に限らないぢやないか、何時でも宜しい」

「それかて早うキチンと致《し》たうおまんがな」

「さうか、そこで舞妓の時のものは、皆などうした」

「まだおま」

「己がいい事を教へて上げよう、お前の襟替をして呉れた旦那にな」

「旦那みたいなもんおまへん」

「馬鹿を云へ、まア宜いから聞け、旦那が無ければ、襟替のお茶屋へナ」

「お茶屋が襟替しまつか」

「ホホホホホ、よかつた」と内儀は笑ひ出して手を拍つた。

「それでは、襟替をさしてくれたお茶屋さん、もつと明白《はつきり》云うて欲しければ」

「もう結構」

「それ見い、負けたらう、松糸の旦那にな」

「もう結構」

「まア聞け、これだけの物をチヤンと送るのだ、これは私の形見だつて」

「いやらしやの、形見テ、妾まだ死にやへんわ」

「舞妓の形見だ、先づ第一は花櫛に、平打に、前ざしに、ピラピラに、前髪ぐくり、まアこれだけが舞妓になくてならぬ特色の道具だ」

「まだお在《ま》つせ、こつぽりの下駄」

「成程、然し下駄には困る、それにも及ぶまい、まア下駄は履ものだから抜きとして、其頭の道具だけを綺麗な箱に入れて、是が舞妓の記念ですと云つて旦那に上げるのだ、屹度嬉しがるよ、豆千代かウンよしよしツて、何でもお前の云ふことを聞くから見い、つまり是が廃物利用といふ者だ、そんな物が宅《うち》に在つても仕方があるまい」

「おまーす」

「どうするのか」

「綺麗なのや、まだ仕えるのは仲好の舞妓はんに上げまんの、昨夜《ゆふべ》もみんな是はかう是はかうと、妾《わて》の思はく通りに片付けましたんや、もう進《あげ》るのんおまへん」

「虚言を言へ」

「お父さん、ほんまやわ、妾もうそんな話きらいツ」

「それでは旦那の話を止めよう、今朝二時に寝てそれからどうした」

「四時に起きましてな」

「ぢや少しも寝ないナ」

「嬉しゆて寝られりやしまへんがナ、さうさうお母ちやん、嬉しゆて嬉しゆて昨夜から御飯ちよつとも食べられまへんね、何ででつしやろ」

「ほんまになア」

と話の最中にお誂への門野の御膳が運ばれた。

豆千代は井田と差向ひになつて御飯を食べ出した。

「よう食べるな、何碗目だ、それで五つか六つかい」

「いやだつせ、まだ三つだつせ、お母ちやん彼様《あな》いに云やはるさかい、もうおきま」

「大事おまへんがナ、遠慮のうたべなはれ」

「もう中止《おき》ま、お父さんあない言やはるさかい」

と言つて、豆千代は紫の露のやうな楕円形の西洋葡萄の皮をむく。

「お母ちやん、是れおいしおまんな」

「さうか、それなんヤ」

「西洋葡萄か、いやに洒落れたものを出すな、矢張門野は一番気がきくテ」

と、井田は皮のまま口の中に入れて、それから皮を吐き出した。

「お時、能く出来て居るなア、豆千代は他所でのろけて来て、ここで御飯をたべて、それから左様ならツて、帰るといふ段取ださうだ」

「あ、さうやおまへんけど」

「矢張さうだらう」

「まだ大事おまへん」

「まだ大事おまへんか、大きに有難う御座いますツ」

「いやだすせ」

豆千代は、大事おまへん、とは云つた者の、実は井田の云ふ通り、まだまだ廻礼《おれい》に行く先が沢山あるので、程なく席の妓丁がお迎ひに来る頃と考へて居るけれど、隔意《へだて》のない間柄とて別段気に留めては居らないのである。

「今朝四時に起きて、それからはどうしなはつた」

と今度はお時が尋ね出した。

「それから宅《うち》のお母ちやんを起しましてン、平素着《ふだん》も今日からは芸妓はんだつせ、可笑うてな、頭髪《あたま》だけは昨夜のままで舞妓はんだんねん、それからナ、七時頃に豆力さん姉ちやんとこへ行きましてン、髪結さんに交際《つきあふ》て貰ふ約束やさかい、さうしたらナ、姉ちやんまだ寝てはりまんね、一時間ほどたつて起きやはりましてナ「そやそや、今日はお百さんとこへ行く筈やつたな、すつかり忘れて居たんやし」ツて、妾、悲しゆなつて涙が出ましてン」

豆千代は話の中に、もう涙ぐんでほろりとこぼれる、井田は忸と見て、常《いつ》も涙もろい豆千代の気の弱い可憐さが思ひやられた。

「お時御覧、もう泣いて居るよ、これだから可愛くつて耐らない、然しこれで今日からは芸妓さまだよ、心細いね」

「ほんまにまア、あきまへんなア」

とお時も同情する。

「お百さんとこでナ、初めて島田に結ひましてン、未だ似合ひめへんでつしやろ」

一寸横を向いて見せる、福くりした鬢が少しも乱れずに白い首筋を際立てて見せて居る。

「よう似合ふし」とお時は賞める。

「よう似合うた其髪を誰に一番先に見せたかい」

「また初まつた、もう行にますせ」

豆千代は立上る。

「暑いわ」と井田に後を見せて裾の先を一寸つまんで団扇の風を入れる、紹のだんだら染の長襦袢が静かに波立つ。

「内儀、あれだもの、やりきれんね。立つ鳥は跡を濁さずぢや無いか、オイ豆千代臭いよ臭いよ」

と井田は大仰に言つて笑つて居る。

おちよぼのお光とんが三階の梯子の上り詰で「おお辛度」と言つたと思ふと、

「豆千代さん、席《みせ》から」

と言ふ声の方が顔を見せるより早かつた。

「さうだつか」

豆千代は落付き払つて井田の前に坐りながらに云つた。

「お母ちやんもう行にまつさ」

「今度は何所だい、平鹿か、四井田《よつゐだ》かそれとも瀧柳か松糸かい」と井田は真面顔。

「松糸が一番初めやわ、もう遠うにすんでるわ、な」とお時が言ふ。

「第一は判つて居るよ、今度は芸妓でのお初めさ、内儀も野暮だナ」

「あ、さうだつか」とお時は軽う莞爾《につこり》相槌を打つ。

「お父さん、嘘だつせ、又済んだら直き寄せて貰ひまつさ」

「済んだら来るんだとさ、お時、豆千代は正直だらう」

「違ひまんがナ、廻礼《おれい》が済んだらだんがナ」

「さうとも、可笑しいなア、お前は又何が済んだらと感《と》つたのかい」

「知りまへん」

ツンと言ふをきつかけに、豆千代は軽くお辞儀をして立上つた。

「お父さん、左様《さい》なら」

褄を高くかかげて、斜めだちにニツと笑つた。

イ菱大尽

一

「姉さん、見んか、若旦那は悋気して居るし」

と呂之吉は綺麗に揃つた白い歯を可愛らしく見せて、頓狂に笑ひ出した、浴衣代りの派手な棒縞の明石の袖口を、心もちまくつて、仇つぽい団扇使ひ。

「妙やな、悋気しやはるわ」と座右《そば》の小力と、火の見の片隅にもたれて居る若旦那を当分に見る。

「悋気だつか」と小力も言葉少なに合槌を打つけれど、精のないお付合ひの物云ひ振り、もう一息といふ所にいつも物足らぬ小力の様子をジツと見て居た若旦那は。

「悋気と見えまつか、矢張り悋気だつしやろな」

と若旦那もニツと笑ふ。

「お惚気《のろけ》だつしやろ」と小力は淡泊な熱のない話振り。

「悋気だつしやろか、姉さん、妾、いや、惚気《のろけ》やわ、見んか」

と呂之吉はつツと立つて、若旦那の傍に坐る、年は三十位、白粉に焼けたる気地のうす黒く荒れたれど、眉は濃く眼元の涼しげなる、輪廓の正しき顔容《かほかたち》の美しさ、黒髪の房々として艶ある、濃化粧の舞台面は、常《いつ》も北陽第一の評判もの、十三の舞妓姿から、お侠で売通して男まさりの呂之吉、恋にはもろく幾度か紅き涙の憂き苦労を積んで、葉桜会随一人の気儘もの、敬して遠ざけられ勝ちの身の竹を割つたやうな無邪気さがあるので、気づいながらも根は正直な女、姉さん株として立てられて居るのである。

「若旦那、もう一度言うて見なはれ」

「言ふがな」

と若旦那は少し居座《いずまひ》を直して、一寸反身になつて。

「あの火の見は平鹿のやな」

「まアまア」

「も一度言はうか、あの火の見は平鹿のやな、もうよろしいか」

「姉さん、どうかしてんかいな」

と呂之吉は甘たるいやうに、小力に助太刀をたのむ。

「ほつといでいや、もう直き来やはりま」

と小力は言ひながら中腰に立つと、風にゆらるる岐阜提灯は、つぶし島田を軽く叩く、五尺三寸豊かな女ながら、何だか煮えきらぬ内気な、おとなしやかな生れ付き、極道の粋に砕けて、役者の女房と、大丸髷に眉のあと青々しきのも昔の恋話、見かけによらぬと一言に言へばそれまでなれど、痴話に厭きて物堅き今日此頃、若旦那のお座敷に無くて叶はぬその道の語り草、色盛りを暫くは淋しく暮すのであらう。

折柄照り続く大路小路の塵の巷に、燃ゆるが如き甍の重り畳る、北陽《きた》は紫の薄雲より漏る夕月と共に、堂島川の涼風に誘はれて、色街の火の見は涼み台、いづくより聞ゆるともなき絃の音の冴る。西に東に笑ひ声のさんざめく、淡き夢のやうな岐阜提灯は星の如く流れて、花ならば桜橋、月ならば水に蜆橋、この辺に三更の夜なく、粉脂《ふんじ》の香り漂ふ恋の闇夜の賑かなる、時家《ときや》の三階座敷を表にぬけて、横長き火の見に、浴衣がけの若旦那、呂之吉小力の取巻きに興を添へて居ると。

「姉さん、どこ」

「火の見だすせ」

と言ふ話声が二階の上り口あたりから聞える。

「来やはりましたぜ」

と呂之吉は若旦那を邪慳さうに煽ぎながら言ふ。

「来るのがあたりまえや、なア小力」

「呂ちやん貴方《あんた》対手になりでなや、かなわんし」

と小力は言ひながら、今しも涼み台に上り来る女を見ると、お座敷の電燈の光を背中に受けて、おぼろげの容姿《かたち》それと明分《わか》らねど色白の顔立、得もいはれぬ香水の匂が、涼風に誘はれて、若旦那の鼻の先に受く。

二

「今晩は」

女は火の見の入口に坐つて丁寧にお辞儀をした。

「なんヤ小奴はんだつか」

と呂之吉は思はず言ひ放つた、若旦那の待ち焦れて居る情婦《をんな》の伊代治でなかつたので、別段悪気で言つた訳ではないけれど「なんや、小奴はんだつか」と咎められたやうに言はれて、負けぬ気の癇癪持の小奴は眉をピリリとして急に堅くなつて坐つて居たが、無理に心を静かに落付けて、隅の薄闇にもたれて居る男の方を凝乎と見て。

「今晩は」

と愛嬌よく改めて挨拶をした。

「小奴さん、平生《いつ》も美しいこと」

「いやだつせ」と言つて矢張り呂之吉の言葉が気になると見えて。

「姉さん、何んだんね」

と小奴は呂之吉に尋ねた。

「何でもないし、伊代治さんかと思ふたら貴妓《あんた》やつたのやワ、なア小力さん姉さん」

小力は黙つて笑つて居た。

「伊代治さんだつか、若旦那大けに」

と小奴は男の方を見詰めて言つたが、不図思ひ出した。それは小奴が此「若旦那」について満座の中で赤面したことである。

春は未だ浅い梅の花の咲き乱るる頃であつた。玉島の金神詣の帰りの寒さを、派手な赤い花菱の友禅模様の蒲団をかけた炬燵に、男と寄添うて嬉しさうにしてゐる伊代治を取巻く賑かな大一座の時であつた。黒井さん、清やんなぞと幇間染た遊興《あそび》の真最中、この百鬼夜行の場に初めて来合はせた小奴を見ると。

「小奴はん貴方《あんた》お盃、若旦那だつせ」

と他の朋輩《ひと》に云はれて一座を見廻はした。

「姉さん若旦那て誰やネ」と小奴は小力にそつと尋《き》くと、短い頤をしやくつて、伊代治と合炬燵の男を暗示《をしへ》られた時、流石の小奴も羞恥しさに顔を桜色に染めた。

「エツ、若旦那」と男の顔を見て、驚くのに少しも不思議はない。日本一色役の名優中村雁十郎当年五十有六歳、可愛い孫のある祖父《としより》が、友禅の長襦袢に薄化粧せし四十年の昔をそのまま今尚ほ若旦那と枯れゆく情緒に春を惜しむ唯だ一言に自らを慰めて、花のやうな舞台に濃艶の極みを尽せる、それも夢のやうな浮世にじれて、女を弄ぶ恋の巷に、若旦那若旦那と、うすれゆく額の髪に念入りの櫛の歯、禿を飾る五十六歳の若旦那！

　広い額の青筋を気にして、淡色の化粧の巧妙なる、太く黒々と眉をつくれる、濃い髯のあとの青きが中に、白銀《しろかね》の光れるを抜いて、いつまでも春であれかしと伊代治の許に通ふ若旦那!!

三

鼠地御納戸薩摩縞の下着に、赤小豆色唐桟柄のお召の二枚袷、襦袢は緋縮緬の胴に鼠地小模様の袖口、帯は茶の薩摩筋、脇差、雪駄ちやらちやら、鬘はお約束の二ツ折、髷の一だけ出して、配り手拭の頬冠り「哀れ遇瀬の首尾あらば」の浄瑠璃から出て、伏目勝に苦悶の表情、花道いつもの所「魂ぬけてトボトボウカウカ」で雪駄をぬぐ、日本一の色役中村雁十郎の紙屋治兵衛に悩殺せられて来た幾百万の婦女子《をんなこども》は、半襟も簪もイ菱の紋散らし、成駒屋の若旦那と持囃された色男も寄る年波に褪せゆく恋情のもどかしくなつて、山の端に輝く落日の光のやうに、刻々に淋しく暮れゆく思ひを、強ひて賑かに酔ふ色町の酒の味、五十六歳の若旦那は火の見の欄干に腰をかけて、梅田停車場のあたり、赤に、白に、青に、変りゆく仁丹の広告も見厭きてか、つつと立つて柱にもたれながら、黙つて西の方を見て居る。西の空には、遥に群をぬいて高い、平鹿の火の見の燈火が見ゆるのである。

「若旦那、又見やはるわ」

と呂之吉は浮き立たぬ雁十郎と列んで。

「小奴さん、貴方どこに居てててやつた、松糸だつか」

「姉さん、平鹿のお約束でした」

「さうか、伊代治さんは」

「知りまへん」

「けつたいな妓やな、伊代治さんは何ないして居やはるやろ」

呂之吉は伊代治の遅いのにじれて。

「平鹿、ほんきらいや」

「サアどうやろ、呂ちやん、貴方《あんた》平鹿嫌ひだつか、よう言へまんな」

と小力は若旦那を見ながら言ふ。

「そやそや、槌ぼんだつたな」

「違ひますせ、槌ぼんなんて昔の事やは、昔のことなら、なア若旦那」

と呂之吉は雁十郎に寄添うて下から見上げる。

「おいてんか、暑いがな、槌ぼんと違ひますせ」

と雁十郎は呂之吉の手を握りながら。

「小奴さん貴方、聴かされてばかり居つて呂ちやんに奢つて貰ひなはれ」

「呂ちやんだつか、若旦那、貴方だつて奢つたつて好えわ、小力さん姉さんもさうやわ」

と小奴は独りで嬉しさうに笑ふ。

「若旦那可笑《をかし》ゆおますせ、平鹿のお内儀さんな自分の顔を見ると、何やしらん、恐おまんね、損やわ、そのくせ槌ぼんはな、そこそこ平松へ行きあはりまんね」

「平松へ、さうか何人《だれや》な」と小力が云ふ。

「姉さん知らんか」

「貴方、よう知つてるし」

「オオややこし」と平鹿贔屓の小奴は云つて其話の腰を折りながら。

「姉さん私にお酒飲まして欲しいわ」とコツプをもつ。

小奴は平鹿党の旗頭である。近頃妙にコツプ酒を飲むやうになつて、平日《いつ》も桜色の艶ある豊かな顔に、二重腮の愛嬌こぼれて、水々しく、年齢より六ツ七ツも若く、一筋の小皺も見えぬ二十二三の花の盛りのやうである、小奴か、伊代治か、と指を数へて北陽美人の雙璧、芸も容色《きりやう》も正に東西の大関である。

「見事見事、小奴さんが綺麗に飲んだから、私も呑むよ、頂戴」

と雁十郎は小奴からコツプを受取る。

「若旦那呑みなはるか、ビールにしなはれ」

と呂之吉は朝日麦酒の瓶を手に取上げた。

「麦酒はいやだ、お酒だお酒だ、小奴さん酔ふな」

と雁十郎は少し焼気味に云つた。

「私、酔ひたいわ、姉さん酔ひませ」

と小奴も可愛らしく云つた。

四

南廓《みなみ》で舞妓から出て、今は北陽葉桜会中、雙美の一人として伊代治と其の美しさを争ふ小奴は愛嬌ものである、平生《いつも》微笑を含んで、人なつかしい物の言ひやうに、誰からも憎まれない有徳の生れ付き、衣裳《きもの》から粧飾《もちもの》まで一点の非の打ち所なき贅をつくして、指間《ゆび》にきらめく五カラツトの金剛石は栄華をほこつて居るけれど、真は人知れぬ涙の気苦労は、家庭に陰影の晴間の少ないことである。

気儘ものの父親《てておや》への孝行、実の妹の梅奴の我儘やら、派手な世帯の遣繰など、いぢらしいばかりに心をくだいて、其間には朋輩衆へ伊達の交際《つきあひ》、仇に帯解かぬ身には、中々の重荷でありながら、負けぎらひの侠な質とて、登りつめた宝の山を、空しく我から好んで下ることもあつたのである。

小奴には一度は好きであつた石本さんといふ株式の大手筋の旦那があつた。齢は四十に足らず、男振なら、気前なら、百万円を公共の事業に放り出して、一時天下を驚かした時であつた。奥庭に蟋蟀の鳴く秋の夜も闌けて、平鹿の楼上楼下、夢を結ぶの室《ま》も折あしく塞がつて居つた、どこぞのお約束で遇うて石本を送つて来た小奴は、玄関先で仲居のお玉に遇つた。

「若旦那御座敷が一杯だんね、小奴はん貴方、平元へなとお伴をしなはらんか」

「若旦那どうしなはる」と小奴は白襟紋付、乱菊総縫の裾模様の褄を高くとつて、古代有職ぎれの長襦袢の半分を現して居る。

「いい月夜だ、そこまで歩かうか」

「小奴はん送りなはれ、妾も直ぐ行きまつさ、若しなんなら貴方ん家《ち》でもよろしいがナ、若旦那、小奴はんの此度の家、そりや意気な家だつせ、どこでもよろしい、小奴はん頼みまつせ」

と仲居のお玉に見送られて平鹿の門口を出て、二人は堂島裏町の方へ行つた。一二町行くと格子造の二階建で、女名前と電話の番号札、一寸眼立つ角屋敷は小奴の屋形である。

「寄らうか」

「寄りなはるか」と小奴は少し躊躇した「寄りなはれな」とは言はなかつた。

「お玉も来るだらうな」

「来やはりまつしやろ、電話をかけまつさ」

「それでは寄らう」

「汚のうおまつせ」

と小奴は先に立つて案内した。

小奴の居間は十畳敷の二階座敷、桐柾の七尺簞笥が二本列んで、床の間には長方形の大鏡、長火鉢の前にはあつい友禅の蒲団など、お誂への好み、石本は友禅の座蒲団に坐つて。

「中々綺麗だ、洒落てるね、かうやつて此座蒲団に坐ると、嬉しいやうな、然し何んだか、厭な心持がする」

と石本は金口の煙草を燻らしながら言つた。

「厭な心持つて、なんだんね」

「何んだかお前にだまされて引張りこまれたやうな心持がしようぢやないか」

「なぜだんね」

「だつて屋形入と来ちやア、柄に無い色男、何や知らん、ここまでお出でを食ひさうに思はれてならんがナ」

「さうだつか」

と小奴は云つたきり、見る間に顳顬に青筋が立つて、総身がぶるぶると震えた。

「若旦那、帰《い》んで貰ひますさ、小奴は悪党やさかい」

と言ひ放つた。

「オオ恐、えらい剣幕やな」

「さうだつか」

「小奴、お前真実《ほんと》に怒つたのかい」

「さアどうだつしやろ」

小奴は少しも取り合はないのである、石本は勿論悪意《わるぎ》で言うた訳ではない、寧ろお世辞に痴話くつたつもりであつたかも知れない、然し小奴は石本との恋に落ちたも暫時《しばらく》で、容色《きりやう》自慢や、百万円や、金と力が鼻の先にぶら下る色男の動作がいやでいやで耐らぬ程、侠に生れた芸妓肌は、とうとう屋形入りから、見事に石本を縮尻《しくじつ》て、再び借金を増さねばならぬやうになつたのである。

五

其後小奴は一度丸髷となつた、それも栄華を思ふさもしい心からでなくて、旦那の落目に逃げ足と卑《さげ》すまれるのが厭さに、義理にも捨てかねて、番頭衆のお総菜、お台所の切廻しに、惜気もなく花の盛りを捨て、堂島の片隅に三年燻つて居たのである。二度の返り咲きには、女の方から綺麗に片付けて、又借金付の浮気稼業、平鹿に好きな立派な旦那が出来たけれど、男の年若に頼りなさが物足らぬのも無理はない、同じお茶屋に妹の梅奴の旦那の方が年老《としふけ》て、万事《ものごと》真面目に成り勝ちの末は、酒を呷つて焼に狂ふを自慢の梅奴がお酒を慎みて、粋に分別顔をするやうになると、此度は小奴がコップ酒に親しむ情《こころ》の中、出来る事ならば雙方旦那の交換を試てやりたいものだと言はれて居た。

小奴は昨夜《ゆふべ》も瀧柳で、色気なしの好きな好きな某《ある》銀行家に、自分《われ》から無理言うてしたたか酔うた。瀟洒《さつぱり》とした情事絶無《いろけぬき》の某銀行家には、同じ葉桜会の瀧子や豆六、豆作、升子などといふ一流妓が常《いつ》も付添つて互に情夫《すき》を競うて卍巴と入乱れる所から、此お客に巴さんといふ仮名《あざな》がある。小奴は、時家の火の見に隣合はす瀧柳の火の見で、昨夜巴さんに酔はされたことを考へ出して、呂之吉や、小力や、雁十郎の御定連に引込まれると、水に油を混ぜたやうに、何だか混同《まぜ》きらぬ不快から、心ならずも酒の力を借りるのである。

「若旦那大けに」と小奴はコップ酒を綺麗に呑干して雁十郎に差した。

「若旦那そないにお酒を飲むのは厭だすせ」

と呂之吉は雁十郎をたしなめる。

「どないにするのや」と呂之吉を一寸振返つてみて。

「小奴さん呑みますせ」と雁十郎は笑ひながら言つた。

「お止やす、呂ちやんがあないに言やはりま」

と小奴は強ひて勧めようともしない、雁十郎は平素《いつでも》浮々と賑かに暮さなければ耐らない程、陽気なことが好きだ、又無理からに陽気に暮さうとする素振がありありと見える、自分もそれを感付きながら、若返つて無理を云うて見たり、馬鹿気た仕艸をして見たりして喜んで居る。

雁十郎は日本一の名優だ、殆んど四十年間浪花の粋者を悩殺し尽して、紅白粉に嬌を作つた昔から殆んど何百人といふ婦女子《をんな》を玩弄物視して、あらゆる艶福を占有して来た過ぎ去つた跡を顧へば涙もこぼるるに違ひない、逝く春を惜しむ情《こころ》の寧ろ狂はぬのが不思議であるかもしれぬ。

いやだいやだ、齢《とし》は重《とり》たくない、いつまでもいつまでも水のたれそうな艶々しい嬌態を維持したい、褪ゆく肌の色の移香の乏しいのが心苦しくて耐らなくなると、雁十郎は屹度酒を呼ぶのである。

「呂ちやんお酒を飲ましてや、飲まなくては居られんがナ」

と雁十郎は、小奴から受取つたコップを持つたまますねて居る。

「伊代治さんが遅いから、姉さん困るし」

と呂之吉は小力に訴へる、小力は相変らず黙つて笑つて居る。

「伊代治伊代治ツて、ゑいがな、そないに私悋気らしゆ、羞恥《はぢ》やがな、放置《おいて》んか」

「オオ恐」

「さうやがな」

と雁十郎は真面目になつた。

「私かて、そないに悋気らしうせんでもなア、小力さん」

「若旦那、又貴方のお惚気でも聞かしやすな」

「どの口や」

「サア、お若い時の、沢山《たんと》おますやろ」

「どれにしようか、面白いのにせうか、悲しいのにせうか」

「女子《をなご》はんの悲しいのをきかして欲しいわ」

と小奴は乗り出して。

「姉さん、私《わて》かういふ話聞くのが大好きや」

雁十郎は一寸坐り直して衣紋を繕らう真似をする。

六

「京都の南座の顔見世狂言の時だした、芝居もはててから凍るやうな鴨川の寒い寒い風が吹きつける三条の橋の上を、私は、唯だ一人で帰らんならん事情《わけ》がおまして、其頃流行《はやっ》た烏賊のやうな頭巾の付いた外套に顔を隠して、楽屋草履のまま、誰にも見付らぬやうに急ぎ足にゆくと、後部《うしろ》から突然《だしぬけ》に私を呼留める人がおました」

と雁十郎は語り初めて、何を思ひ出してか、快心の笑《ゑみ》を漏すやうに、嬉しさうになつて。

「さうだす彼れ是れ十八九年も前の事で」

とそぞろに昔を忍ぶやうな独言《ひとりごと》。

「其頃は今よりも六ケ敷く、独りで自分の思ふ様にすることなぞは、中々出来まへん、男衆まかせで、嫌な女にばかり遇はせられて、好きな女には遇はしてくれぬ、何でも祇園町の贔屓筋の関係から妙に意地づくになつて、先斗町ではどうしても情婦《をんな》をこしらへることが出来まへんのや、ところが其前から先斗町に好きな好きな深い深い妓がおましてな」

「それはどの口だんね」と呂之吉はたづねる。

「若旦那、たんとお惚けやす、それから」と小奴は京言葉を入れて引出す。

「其妓《そのをなご》は、左様、十七八でつしやらう、時々大阪へ来る、前からの関係で遇ひたくつて遇ひたくつてたまらんけれど、祇園町の団体連の干渉がやかましい《やかましや》ので、どうしても遇はれぬ、それを首尾して呉れる人があつて其晩先斗町で遇はうといふ約束から、楽屋着のまま抜けて出て、何人《だれ》にも見付からずヤレヤレ安心と思ひながら橋の上まで、来たんだす、呼び止められて飛び上がるほどビツクリしましたぜ、一寸振向いて見ると頭巾を着た女連二人」

「先斗町の女はんだつか」

「さ、さうやと思うて、ようお迎へに来ておくれやしたと、其女の名を呼ぶと違ひまんね」

「オヤオヤ」

「ところが、さうでない、是非急に、どうしてもお眼にかかつてお願をしたい、人の命にかかはるといふ工合に、一人の女子はんが、涙ながらに口説《くどき》まつしやろ」

と雁十郎は話下手のやうで其実中々うまく人を引きつけるやうな巧みな表情と、時々口を堅く一文字に結んで、一巡《ひとわた》り、見廻はしながら、何時までも水々した眼をパチと刮いて、又柔かく砕けて笑顔を見せる。

「其頃は自慢やおまへんが、死にかねない女子はんが、そりや、おましたぜ」

「さうだつしやろな」

と小奴は感心して聞いて居たが、自慢ぢやおまへんけどと断らなくてはならぬやうになつたのは老い込んだものだとも思つた。

「その頃の女子はんは、皆な情がおましたさかいな」

「今の女子はんはつまり薄情だつしやろか」

と呂之吉は反問する。

「さうやないわ、同じ事だつしやろ、却つて男はんが薄情やし」と小力は言つた。

「若旦那、つまり人間が皆賢うなりやはつたからだつしやろ」

と小奴は云ひながら。

「死ぬまで惚れると云ふやうなことが真実《ほんま》に、おまつしやろか、私《あて》、死ぬまでなんて惚れたことはないし」

「さうか、私かてやは」と呂之吉は云つたが、直ぐ取消すやうに。

「いつそ死んでしまほうかしらんと思つた事はおましたぜ、つまり、何だんな、何や彼やで死んだ方が善えと思ふので、死ぬ迄惚れるやうな事は無いし」

「さうやおまへん、死ぬまで惚れる女子はんは、昔はたんとおましたぜ」

「若旦那、伊代治さんは」と小奴は云ふ。

「あほらしい」

七

「その女子はんがどないしやはつたの」

「私がどぎまぎして居ると、そこへ人力車《くるま》が三台来て、私にも乗つて呉れと言ふ、丁度芝居のはねで人通の多い橋の真中だつしやろ、彼是言うて居られんさかい、何や知らん夢中で俥に乗せられると、私を真中に入れて三台の俥が直ぐに走り出す、月の無い暗闇の十二時過ぎ、川添ひに淋しい町を蹴上の方へ行くやうすだんね、どないしようかと俥の上で考へて見たが、何んや狐《こんこん》さんにでも誑されて居るのやないか知らと、恐いやうな気になると、急にぞつとする程身震ひがする、イヤ、こりや金神様の御引合はせかも知れぬと、考へ直しても見たり、いつそ交番所の前でも通つたら、大きい声出して見ようかと、いろいろ思案して居る中に、東山の方に曲つて寂寞《さびし》い竹藪のつづいたお寺のやうな土塀のある阪路に出ると、寒うい風が吹く、サラサラと竹藪に物凄い響がする、どこぞで木魚の音が……ポーツ、ポーツ」

「嫌だすせ、恐いわ若旦那」と呂之吉は小奴の傍に寄添ふ。

「面白いワ、それから」と小奴は言ふ。

「其中に大きな別荘風のお邸の前に来ると、俥がテーンと止る、一人の女子はんが、「御苦労さん」と俥を返すと、御門の中から下駄の足音が聞える、くぐりが開くと、私の手をきつと握りしめて黙つて引張り込まれた、ハハーン、矢張り狐に誑されて居るのではないか知らと、恐る恐る、ついて行くと、まるで化物屋敷にでも連れ込まれたやうな広い陰気なうす暗いお座敷をいくつも通つて、お茶室《ちやのま》めいた部屋に這入ると、初めて生れ代つたやうに、明るいランプが煌々と輝いて、火鉢には暖かさうに桜炭がおこつて座蒲団が三枚ならんで居る、私は外套の頭巾のまま、其部屋に這入つて突立つて居ると、一緒に来たおこそ頭巾の女二人の姿が見えんやうになつて、真白い雪のやうな髪の、皺苦茶のお婆さんが来て、丁寧にお辞儀をする、どうもいよいよ怪しい、其お婆さんが私の背部《うしろ》から、外套を脱さうとしたから、黙つて其手を払つて、顔を隠したまま座蒲団の上に坐つて、じつと思案したナ、どうも不思議でたまらぬ、其中にお婆さんが今度は湯気の立つ筒茶碗を運んで、これも黙つて置いて行く、まるで無言の行やがな、葛湯のやうやつたさかい一寸飲んで見ると中々うまい、別段馬の小便のやうにも思はれぬが、エエーどないになる物かいと、度胸をきめて其葛湯を皆な呑んで仕舞ふと、襖の外に衣ずれの足音がする」

と雁十郎はここ迄話して来て。

「小奴はん、貴方そこへ這入つて来たのは何人《だれ》やと思ひなはる」

「サア、その頭巾の女子はんだつか」

「それかて、頭巾の女子はんが何様《どない》な人か判りまへんでつしやろ」

「さうやしナ」と呂之吉は言ふ。

「誰やろ」と小力も言つた。

八

「襖が静かに開いたけれど振向いても見ずに、外套の頭巾のまま坐つて居ると私の横にちんと、若旦那、誠に済みません、このやうな無躾がましい、乱暴な事をして迄も御願申さなければならない事情《わけ》があるからです、どうぞ御立腹なさらずに、御許し下さいませと云うて、それから其話をきくと、つまり、其女の姉の娘さんが私を見染めて古風な恋わづらひ、娘が可愛さに一度是非逢はしたいと云ふので其娘さんを御別荘につれて来たといふのだす」

「昔はそないな芝居染みた事が沢山《たんと》おましたさうだんな」

「さうやし、今かてあるワ」

「さうやろか」

「今かておますやろか」と雁十郎は言つた。

「そこで貴方《あんた》どないしなはつた」

「その女子はんは上品な地味な御寮人さんらしい姿をした三十前後のお方《ふう》で若旦那といつて、私をぢつと見た、貴方妾をお忘れやしたか、と言はれたけれど、どうしても思ひ出せない、それから話をして見ると其頃から十四五年も前のことで、まだ扇雀というて小供芝居に出て居た頃、乳繰合つた小娘でナ、何でも京極あたりの襟屋さんであつたが、容色《きりやう》好で、某る大家へお嫁入をしたとの話、それが判ると、俄に気がゆるんだと見えて、お座敷へでも出たやうな心持になつて、外套を脱ぐと、自分ながら実に驚いた、楽屋着のまま抜け出した途中の事やさかい、殊に其当時の姿は派手造り、忘れもせんワ友禅の長襦袢に、荒い棒縞のお召、その上に其頃流行つた黄八丈の丹前といつたやうな姿が、座敷の興になつてナ、それから恋わづらひをして居るといふ嬢《とう》さんが出て来た、見ると驚きました」

と雁十郎は小奴の方を見て。

「貴方其嬢《とう》さんは別嬪やと思ひなはるか」

「さ、美しゆおましたか」

「呂ちやん、貴方どないに思ひなはる」

「別嬪さんやおまへん、怪《けつ》たいな女子さんだしたやろ」

「ところが左様《さう》でない、それが又素敵に別嬪で年の頃はやうやう十五六、それはそれは可愛らしい生娘や、ほんまに芝居のお染やお半はかうもあらうかいなと、実はほれぼれと見とれる位」

「まアまア」

「それからどないしなはつた」と小奴は聞き上手。

「怪物《おばけ》でもなければお稲荷さんの戯事《いたづら》でもないと判ると、其頃は年も若し、かういふ遊びが面白いので、つい先斗町の約束を忘れて仕舞うて、そこに尻を落付ける、いよいよ寝たのは彼れ是れ夜明け方」と暫し無言。

「眼が醒めて見ると、有明の灯火は消えて戸の透間から朝日がさし込んで居る、女枕は夜具の横の方に片付けられて在つて、嬢《とう》さんの姿が見えない、私《あて》は枕元の煙草盆を引寄せて軽く煙管の音をして見せる、何の返音《へんじ》もない、嬢さんは寝乱れ髪を見せるのが羞かしいので出て来ないのであらうと、思うて居ると、襖が静《そつ》と開いて、例の白髪のお婆さんが来て、御寮人さんも娘《いと》さんも今朝早くお店の方へお帰りになつた、いづれ又お越しを願ひ度いといふ言伝で、何だか物足らぬことおびただしい、矢張り狐に誑されて居るのではないかしらと思ひまして」

「矢張り、誑されやしたか」

「まさか、然しこれからが面白いのだつせ」

と雁十郎は麦酒を一口呑む。

九

知らぬまに夜露にぬれて、浴衣の袖がしつとりとなつて来る、屋根の上に妙な虫の啼き声が聞える、此所彼所の火の見に美しく点《とも》された岐阜提灯の光も少なくなつて、涼し過ぎる風が吹く。

「若旦那、夜冷《ひえ》ると悪うおますやろ、お座敷へ行きまほうか」と呂之吉は言つた。

「お座敷がよからう、移らうか」

と雁十郎は立上つて小奴の肩の上に手を置く。

「危のうおますせ」と小奴は雁十郎の手をとつて細い桟道《みち》や、いくつも曲れる梯子を下りる。

「あ、危のうおますせ」

と小奴は、小さい声で言うたかと思ふと。

「恐いわ、てんごうしなはんな」

「若旦那」とするどい声で呂之吉は咎めた。

雁十郎は振返つて、今しも梯子を下りかけた呂之吉を見上げながら。

「呂ちやん、船玉さまが、そうらそうら」

と九ツ梯子に由良之助の声色を遣ふ。

「あほらしい、いやだすせ」

と呂之吉は嬉しさうな顔付。

三階の広間に移つて、椽側の柱にもたれて坐つた雁十郎は、紺地に大模様の浴衣の襟をかき合はせて、莨の煙を細く長く吹き出しながら、何だか興足らぬ心持、伊代治の姿が見えぬからであらう。

「サア、お話のつづき、若旦那、それから面白いつてどうしなはつた」

と小力も一生懸命になつて浮せるやうに務める。

「その可愛らしい嬢《とう》さんは、狸《まめだ》ではおまへんでつしやろな」と小奴は言ふ。

「狸《まめだ》や狐《こんこん》さんではおまへん、正味の人間さんでおましたけど、矢張り欺されたのや」

「恐かアないの」と呂之吉は雁十郎の傍に近寄つて怖さうな姿をする。

「丁度其時の芝居は忘れもせぬ中幕が梅忠の茶屋場で大入大人気、ところが夜前、私の姿が楽屋の中で消えて失くなつたものだから大騒ぎ、大阪へ電報を打つ、まだ其頃は電話がおまへんでつしやろ、祇園町を探す、木屋町を軒なみに探しあぐんでも、何うしても知れない、知れない筈だすが、まるで草雙紙にでもあるやうな別荘へ引込まれて美しい生娘に抱付かれて居つたんだから、然し今から思ふと、能く大胆に寝込んだものだと、冷汗が出まんね」

「危険《あぶの》うおますな」

「それから、やつとの事で幕開き少し前に茫乎《ぼんやり》楽屋入をすると、どうしなはつたつて、皆な大騒ぎ、大丈夫ですかと何だか狐付扱ひにでもされてる様に放しやしめへん、其中に茶屋場が来たので、私は忠兵衛の身支度、昨夜《ゆふべ》の色男は此所に御座いと、揚幕からお誂への突袖で「どうぞ首尾能く梅川に逢はせてくれれば好いがなア」と本舞台へ来てそれから又花道に戻り「ちつととやつとと粗末ながら梶原源太は己か知らん」と浅黄の手拭を頭に載せ突袖をして舞台に戻らうとすると、吃驚《びつくり》しましたぜ、直ぐ眼の前に居やおへんかと」

雁十郎は驚いた真似をする。

「その狸《まめだ》の嬢《とう》さんがだつか」と小奴は言つた。

十

「東の桟敷の四ツ目に此中幕の時に初めて姿を見せた只た二人限りの女客、一人は三十過ぎた意気な芸妓はんで一人は引詰髪に極彩色の京風の舞妓はん、それがどうだす、似たりや似たりと驚きましたね」

「へえ！」

「すつかり誑されて仕舞ふたんで、祇園町の贔屓先が余り気が小さいと言ふので、先斗町の御連中が仕組んだそれが狂言だんね、出たての舞妓はんと一人の芸妓はんを素人に仕立てて、旦那方の御別荘を借つて、私を調伏したのんだした、然しさうなると悪い心持はしまへんし、其の舞妓はんが可愛ゆうなつて、そら、貴妓知つてまつしやろ、可哀想に、そののち思ふやうにならんと謂うて鴨川で死んだ妓、なツ」

「アノ舞妓はんだつか」と小力は知つて居るやうだ。

「昔の芸妓はんは其所《そこ》まで親切がおましたがなア」

と雁十郎は長話をして。

「その死んだ舞妓はんのこと丈けは今に忘れへん、ソラ可哀さうやつた」

と思ひ出したやうに沈み勝ちになる。

「いろいろ沢山《たんと》おまつしやろさかいに」と小奴はうつとりと、雁十郎の褪ゆく色艶を見て、流石にうす化粧のたしなみある名優の、心淋しい過去の追懐に同情して居るやうだ。

「若旦那、そないにいろいろおまして、その中で一番好きで好きでたまらんちう人つて何人《だれ》だす」

と呂之吉は尋ねた。

「そりや、判つてまんが」

「何人《だれ》」

雁十郎はジツと呂之吉の顔を見詰めてニコツと笑ふ。

「いやだすせ、妾のことはいやだすせ」

「姉さん自惚れて居やはるわ」と小奴も笑顔を見せる。

「小奴はんいややわ、妾やらは、ほん擦られただけやし」

「貴妓とは言うて居まへんがナ」

「そんなら誰やし」

「知らないかなア、私の一生の色事に、あの位好きで好きでたまらんのはおまへんがな」

「小力さん誰やろ」

「サア、誰やろ」

「言うてあげようか」

「言うて見なはれ」

「伊代治さん」

と雁十郎は澄ました顔付。

「まア、姉さん見んか、言うてるし」

「それかてさうやおまへんか」

「あてかて在るわ」と呂之吉は急に嬉しさうに言つた。

「そりやおますやろ、若旦那、呂ちやんは近頃どうかして居まんね」

「なにがだんね小力さん」

「でも呂ちやんの好きな人は夫は親切やわ、若旦那、呂ちやんに奢つて貰ひなはれ、先達もニコニコして居るさかい、何うしなはつたと聞いたら、好きで好きで耐らなんだ中田はんから、今だにお盆にはチヤンと送つて呉りやはりまんねつて、エラのろ気」

「九州に行つて居やはる中田はんだつか」小奴は言つた。

「さうだんね」

「親切があつて、それで好きな旦那なら言ひ分がおまへんやろ」

「ところがおまんね」

と呂之吉は乗り出した。悋気が言ひたくて、たまらない様子が見える。

十一

「呂ちやん、貴妓《あんた》かて沢山《たんと》おましたやろ、好きで好きで堪らん人は誰だした」

と雁十郎は絞縮緬の三尺帯を締め直しながら長い欠伸をする。

「御退屈様」と小力は言つた。丁度此時、仲居のお定は麦湯の冷えた土瓶を持つて上つて来る。

「姉さん、まだ」

と小力はそつと尋ねる。

「直き来やはりまんね、遅うてな、京都へ他所行して居まして終汽車に間に合はんので電車で帰るというて来やはりました」

「さうか、姉さん、かまへんし遅うても、若旦那は真昼間が好きやさかいつて、南街《みなみ》では評判だつせ、先達てもな、秋琴亭で朝御飯の時にもう夕方の電気が点いたつて、ようまア此炎暑《あつい》のに雨戸をしめて、二人密着《くつつき》で居られたもんやと、悪口云うて居ましたぜ、他花街《よそ》では悋気《やい》てゐるのやろか」

と呂之吉は臆面もなく愛嬌ある話をする。

「そないに寝たら政府《おかみ》にわるいかいな」

「さうかて見なはれ、此炎暑の真昼間、戸を締めてよう寝られまんナ」

「さうかて、眠入てゐるよつて知らんがな」

「矢張り伊代治さんはえらいしナア」

「呂ちやんお前、よう知つて居るなア」

「さうやろと思ふわ」

「それより貴妓の好きな人のお惚気でも聞かして呉れたら何うや」

「現在《いま》のやおまへんぜ」

「どの口だ」

と小力は言つた。

「サア、呂ちやんのなら、まア中田はんが一番ハナやろ」

と仲居のお定は云つた。

九州の中田はんといふ情夫《をとこ》は呂之吉の一生忘れる事の出来ない深い縁《えにし》が結ぼれて居たものだ。既に遠の昔に切れて、赤の他人と何百里を隔てて居つても、二十二三の女盛り、もゆるやうな恋の甘い楽しい時代の夢は、到底も忘れることは出来ない、一年毎《ひととせ》に、額の小皺が増えて、荒れすさむ頬のあたりの艶気の衰えるのが、鏡に写るのを見ると、春のやうに花やかな昔が思ひ出されて、パツチリとした大きな眼の底に玉の様な涙が浮ぶ、借金の山に蹈み迷つて居ながら負けぬ気の押強く、朋輩衆をだしぬいて派手な事をすることもある、是はと思ふ旦那の無い時に、突然《だしぬけ》に大きなダイヤモンドの指輪が現はれたりする、何れは其道の粋に世渡る、表も裏も、人一倍気苦労しなければならぬ女の身の上、参十の坂を越した今日此頃になつて、深い深い思ひの勢《つの》るやうな惚れ合つた男は中々出来にくい。栄華に厭きた昔が昔だけに、葉桜会の大将株も恋には落伍者であるだけ、尚深く過去の事情が忍ばれて、好きな好きな人といへば又しても中田さんのお噂が出るのである。

十二

派手好きなお侠な呂之吉も、一度は御寮人としてお米の堂島に名高き、紺暖簾に白地の屋号は丸伊といふ、土蔵造のお店の帳場格子に、こつてりした大丸髷を見せて、朋輩衆に羨まれたこともあつた。物事に無頓着な、鷹揚な、見得坊な堂島浜の生活に於てすらも、御寮人としては、余りに芸妓肌過ぎる呂之吉が、二年間も御寮人さんと呼ばれて辛抱したといふ事は、或は一の奇蹟であつたかも知れぬ、自分の一生を委せし亭主《あるじ》と堅い契りの憎からぬ恋中も、お侠な、あくまでも芸妓肌の呂之吉を後世までの妻にせうといふ浮気な男心を頼つたのは、一生の謬りであつて、やがて二度の勤めも其頃はまだ美しい花ならば真盛りの、年齢《とし》は廿三歳、桜は八重の返り咲き、情夫《いろ》に太田の女文字が、意気な小格子に自堕落の朝寝顔を見せるやうになつたのも、少しも不思議はないのである。

再勤して間もなく呂之吉は某《ある》銀行の中田といふ青年と深い深い恋に落ちた。中田は呂之吉の熱情にほだされて、有望なる前途を恋の為に謬りかねまじき深味に陥つて夢のやうな楽しみに耽溺して、其先輩や友人を驚かした。呂之吉は中田の細君となる積りで、随分苦労をした、中田の親友に、松田、林、といふ二人があつて、中田と呂之吉の恋中は何うしても裂かねばならぬと決議をした、然らざれば情にもろい中田は如何に聡明であつても、其前途を謬る杞憂《うれひ》がないとも限らない。男の齢は三十、女は二十三、恋の高調に何物をも犠牲に仕兼ねまじき年頃の二人に水を注して、絶縁《きれる》ように、あらゆる工夫をめぐらしたその末、狗に喰はれて死ぬべき友人の松田と林は、殆ど圧制的に中田を押つけて呂之吉を遠ざけてしまつた。

丁度其頃、中田の住居は玉造の町外れの高台に在つた。呂之吉は殆ど毎晩、お約束の帰りは梅田から城東線に乗つて、中田の私宅に通ひ詰めて居つたさうだ。朝日の注込《さしこ》む東向の雨戸を開ける其高髷の乱れたる濃化粧の仇姿が、いつも近隣《あたり》の噂に喧しくはやされるやうになつた。

「もう切れた、決して遇はないから安心して呉れ玉へ」と林と松田をだました中田は、逢馴《あひつ》けたお茶屋をぬきにして、自分の宅に引張り込むやうになつたのである。

せけばせく程つのる恋は、呂之吉をして、狂人《きちがひ》のやうに、病的に、烈しく昂奮せしむるやうになつた。さうなると、尚中田の前途は、友人の松田と林とをして絶望の淵に沈ましむるやうになつた。

「中田は有為の将来を持つ立派な男だ、呂之吉には、如何にも可哀さうであるけれども、一婦人の運命の為に中田の前途を謬らしむることは如何しても出来ぬ、如何なる手段を取つても呂之吉を退けねばならぬ」

と二人は野暮の骨頂にも、言ふに忍びざる方法をめぐらして、自今全然関係なしと明白に絶縁せしむることにしたが、然しそれも一時の表向きであつて、松田も林も、涙ぐむ呂之吉の艶容にすつかりだまされたものである。

恐らく此時位、呂之吉の一生の中で、愉快に忍ぶ恋路の甘い甘い嬉しい首尾に泣き明したことはあるまい。

今日《いま》になると、此時代のことが自慢の一つ話で、恋物語が出ると呂之吉は、常《いつ》も直ぐに思ひ出して、嬉しさうに微笑む。

「あてかて、あるわ。若旦那、妾かて云はして欲しいわ」

と呂之吉は雁十郎に甘えるやうに謂つた。

十三

「中田さんが先達来やはつた時、呂ちやん、貴妓《あんた》、梅田楼で可笑いといふ評判だつせ、それから松円でかて怪しいといふ噂だつせ」

と小奴は笑ひながら云つた。

「うそやし、誰がそないに云やはつた、林さんか」

「林さんやおまへん」

「林さんは妾《あて》大嫌、あないに妾を敵《かたき》のやうにする人もおまへんぜ」

「あんまり林さんのことを云うて貰ひますまい、なア若旦那、貴方かて林さんやわ」

と小力は言つた。

「若旦那、貴方とは違ひまつせ」

「なんでも大事おまへん、どうせ悪う言はれる方にまはつて居るのやさかい」

「若旦那、きらいツ」

「さうやろ、中田はんが好きでおまつしやろ」

「若旦那、中田はんがこないに言やはりまんね」

と呂之吉は嬉しさうな顔付き。

「友達に心配をかけてもすまん、又余まり意気地が無いやうでも見つとも無いから、友達に知れぬ工夫さへあれば、僕はお前と絶縁《きれ》る気は少しも無いから安心せいと、中田さんは言やはりまして、何んでも灘萬の帰りの時で、忘れもせエへんし、秋の末のうすら寒ウい月夜の晩でナ、二人で話しながら中の島の公園を通りぬけて、すれすれに、もたれもたれして新地の裏町へ来たのは彼是モウ十一時過ぎ、又松円で泊ると直ぐにお友達にも知れるさかい今日はこれで別れようと、中田はんが言ひ出しはつて」

と呂之吉は一寸言ひ淀んで。

「若旦那、かうなると広いやうでも、世の中は狭いもんだんなア、其晩どうしても泊る所がおまへんね、どこへ寝たと思ひなはる」

「おい冗談ぢやないぜ、ゑゑ加減に惚気ときんかいナ」

「けど言はして欲しいわ」

「姉さん言ひなはれな」

「若旦那、小奴はんが、聞きたいと言やはりまんね」

「どうぞ沢山《たんと》お惚気やアす」

「小奴はん貴妓どこへ寝たと思ひなはる」

「さうだんな、姉さんの屋形」

「イイエ」

「お由さん姉さんなら大きな酒桶《こきん》の中かも知らんけど、呂ちやんなら、さうやなア、質屋の二階か」

と雁十郎は言つた。

「あほらしい、いやだつせ」

「どこへ寝なはつた」と小奴は問ふ。

「若旦那、妾彼様《あんな》恐いことなかつたわ」

「お、辛気臭、呂ちやん早う話したらどうやネ」と小力は真面目顔。

「それから二人して下原の方からブラブラ目的もなしに歩いて、瓢箪山の方へ出るとな、そら、彼所《あすこ》におまつしやろ、ぼんやが沢山」

「おういやらし」

「さうかて見なはれ、何所へも行くところがおまへんがナ」

「そこで泊りなはつたの」

十四

「泊つたし、中田はんが、ここでお前泊るだけの度胸があるかと言やはりまつしやろ。二人で二階へ上るとナ、妾の姿が紋付で、中田はんが羽織袴の隆とした、あの立派な男振りだつしやろ」

「また初まつた」と小力は小声でいつたけれど、話に夢中の呂之吉には聞えなかつた。

「変に怪しんだけれど、夜も遅いし、まア、とうとう寝たと思ひなはれ、さうするとな、ああ恐！　あて、恐いわ」

と呂之吉は何事か思ひ出して。

「小力さん姉さん、其晩だんね、妾まだ彼様《あんな》恐かつたことは生れて初めてだすぜ」

「何がだんね」

「枕に就いてうとうととしたと思ふとナ」

「呂ちやん、一寸お待ち、枕に就くと直ぐにうとうとと寝入つたのかい」

「そやおまへんけど」

「それ見い、話は判然《はつきり》として欲しいな」

「若旦那、よたやわ」

「でも左様《さう》やないか、枕についてそれから何うした」

「それから寝まして」

「どうもお前さんは要領を得んなア」

「よろしゆおまんがナまア。さうすると、襖一重の隣座敷に密々《ひそひそ》と話声が聞えるのが妙に気になつて、二人で顔を見合はせて黙つて居る中に、ツイうとうと寝たと思ふと、中田さんが、八重、大変だ起きないか、起きないかツて、妾の太股を飛上るほどひねりやはりまんね、吃驚して眼を覚すと、隣座敷でウンウンといふうなり声が聞えまんね。妾がブルブル震え出すと、中田はんが、確乎《しつかり》しないかツて、無理に妾を起して、何や知らん、夢中で衣服《きもの》を着ると、隣座敷で「人殺し人殺し」といふ悲しさうウな声が聞えまんね」

「おお、恐ツ」と小奴は小力に喰つ添いた。

「其中に下から梯子をドヤドヤツと上る音がして大騒ぎ「心中や心中や」といふ声が聞えたので、サア大変、係り合に引張り出されるやうな事があつては一大事、中田はんは早く出ようつて、それから二人は、巡査《おまはり》さんの見えない先に逃るやうに飛出して、ものの半町も行つたと思ふと、東の空はほのぼのと白みかかつて、遠くの方に車の走る音が聞える。寒い風が裾を吹きまくるので、それを押へながら俯向がちに目的《あて》もなく行くと、「これから何様《どない》しまへう」「何処へゆかう」「難儀やな」と二人で一寸立止つて思案をして居ると駆けて来るやうな靴音が聞える。突然《だしぬけ》に横の方から「コラ」と咎められたので、愕《ぎょ》つとして振向くと、巡査《おまはり》さんが妾の袖をきツと握んで、顔をすりつけるやうにして、見やはりまんね」

「姉さん恐うおましたやろな」と小奴は言つた。

「恐かつたわ、もう身体はガタガタ、歯の根も合へへんの、何や知らん夢中になつて、中田はんの手を吃と握つたまま啼くにも泣かれずに立つて居ると、其時中田はんが巧い事言やはりましたワ」

「さよか、どない謂やはつた」

十五

「実は誠にお恥かしい話だがお茶屋で一寸したことから痴話喧嘩をして、これが飛出しましたので、やつと其処まで追かけて、いま、機嫌をとりとり帰らうとして居る処です、誠に面目が御座いませんツて、まア、やう彼様《あない》に虚言《うそ》が言へたもんやと思ふ位上手にだまして、やれ安心と思つて居ると、そこへ先刻《さつき》のぼんやの内儀さんが飛んで来やはりましてナ」

「まア、えらい事《こつ》ちやな」

「巡査《おまはり》さん、只今男と女の心中の人殺しがありましてと、しどろもどろに話すと、何所や何所やつて、其巡査さんがナ、周章てうろうろしながら、可笑かつたわ、妾の廻りをぐるぐるまはりまんね、さうすと、中田さんが、八重、寒いから早ういのうツて、巡査さんがぼんやの内儀さんと、なんやくどくど話しして居る間に、大急ぎで、やつとのことに逃げまして樋の処まで来た時には、もう夜も明離れてまして、裏町のお茶屋をば割れるほど叩いて門を明けて貰うた時は、嬉し泣きに涙がこぼれました」

「姉さん其の心中は何様《どない》しやはりました」

「真実《ほんま》の心中か、それとも無理心中か」と雁十郎も呂之吉の話にさそはれて膝を少し乗り出した。

「それが翌日《あした》の新聞を見ると、女子《おなご》はんは文楽座の通ひさんで、妾、其人能う知つてまんね、妙やは、なんでも男はんに、だまされて無理心中のやうだんね」

「可哀さうに、よう貴妓も、死神につかれてやあれへなんだしなア」と小力は冷かすやうに言つて。

「それよりか、呂ちやん中田さんと、もつともつと、嬉しい話がまだあるワ」

「姉さんこれからだんがナ」

「おお長、長い玄関やナ」

「そやかて見んか、其様《そない》にして迄も、ぼん屋に泊らななららんくらいも、二人の中をせかれてまつしやろ、どうぞして気安う逢はれる工夫はないか知らんと、妾、それはそれは真《ほん》実《ま》に苦労しましたぜ、熟考《かんが》へぬいた末、妾一人で妾宅を持ちましてン」

「何や妾宅」

「妾が一軒別に宅《うち》を借りましてン」

「宅を借つてどないするのや」と雁十郎は呂之吉の話に聞きとれて居る小奴の膝に左の

手を置いて、肩を少し斜に右も肱を脇息にもたせかけた。

十六

「お茶屋では逢はれず、屋形は嫌やと云やはるし、お宅へ行く沢にはゆかず何うすることも出来へんよつて、上福島に一軒家を借つてお婆さんを留守番に置きまして、そいから毎晩お約束すぎには紋付のままで其家《そこ》へ車を横付にしまんね、さうすると、中田はんも来て待つてて呉りやはりましたり、又妾が先にいて待つこともあつて、さうして逢瀬を楽しんでゐましたが、それが姉さん皆な妾の苦しい借金の中からだつしやろ、それに見なはれ、お友達の林さんは妾を何や知らん悪党のやうに思やはつてナ、何うしても切らねばいかんちうて、水を注しやはりまんね、妾、悲しゆうなつて悲しゆうなつて、真実《ほんま》に泣き通しましたぜ」

「姉さんが其様《そない》に惚れやはつて、女子はんが男の妾宅を持つなんて、其所《そこ》までいたら、お友達の林さんが心配するのが道理《もつとも》やは」と、林さんの気性を知つて居る小奴は、弁護するやうに言つた。

「さうだつしやろか、それかて残酷やわ」

「さうして其妾宅をどないしなはつた」

「ものの一月も経つたと思ふと、さうや丁度十二月の押詰つた或夜のことだした、門野の約束から、早うぬけさしてもらうていくと、婆やんは何処へ行つたか居らず、来てゐる筈の中田はんの姿も見えず、家内《うち》は闇黒《まつくら》、妙やなアと思うて、入口の三畳の障子をあけて「婆やん婆やん」と呼んだけれど、何の音沙汰も無いやおまへんか、事に依ると中田はんイヤだつが何ぞ悪戯《わるさ》して、それで闇黒《くらがり》にして居るのかも知れんと思たさかい、「中田はんさかい、せ、恐いは、悪戯《てんごう》しなはんないな」と云うては見たものの、どうも不思議で堪らんさかい、手探りに次の室の電燈を点けて見ると其所四辺《そこらあたり》は小綺麗に片付けてあるけれど、此寒いのに火の気一つも無い、何や知らん心細うて淋しくなつて来て、急に寒気がして来る、するとミシンミシンと天井裏でいやアな音がする、突然《だしぬけ》にドターンと大きな響きがすると思ふと鼠が駆出す其都度《たんび》にハラハラしてナ、電燈の真下に茫乎《つくねん》と立膝に坐つたまま暫く凝乎《じつ》と考へてると、情なうなつて来て、悲しなつて来て、涙がぽろぽろと流れるやうに出まんね、寒さは寒し、かう凝乎として居てもせうがないと思ふたよつて、中田はんが来やはつて、火も無いと言ふやうな不都合があつては済まぬと気が付いたんで、急に元気付いて、台所に降りましてナ」

と呂之吉は一寸立つて、長い裾をぐいとはしよる真似をして。

「姉さん其姿《ふう》つたら無かつたし」

と小力に言ひながら又坐つて。

「まるで芝居のやうやナ、塩原多助のお花といふ寸法だんナ」

「さうやし、ほんまに、葉桜会で初めて染《こしら》へた、あの揃ひの衣服《べべ》やつた、其紋付の裾を高からげして、七輪《かんてき》に木屑と炭を入れて、マツチで火を点けて、それから袖で煽ぎまんね、意地悪う又煙つて許りゐて、やつと火が燃いたと思ふと、表の格子戸がガラリと開きましてン、「何誰《どなた》、中田はんだつか、婆やんか」と云うたけど何の返事もない、其中に黙然《だまつて》ぬうと這入つて来た男はんがナ、「呂之吉、意気な世帯だね、羨ましいね」と云ひながら電燈の下に立つて居まんね、見ると林さん「アツ、林さん妾、何様《どない》せう」と此時位どぎまぎした事おまへなんだ、林さんは其頃は未だ白髪も一本もなし、三十二三の艶々として、可愛気な小柄のお方でおましたけれど、妾から見ると、常《いつ》でも恐い、憎てらしい人、其林さんが、外套を着たまま、「中田はどうしたの」、「知りまへん」、「まだ来ないの」、「まだ来まへん」、「今に来るのかい」、「サア、来やはりまつしやろかいナ」、と少し言ひ淀むと、「来る約束がしてあるのぢやないの」、「おまんね」と悸々《どきどき》しながら其話の中に火鉢に火を入れて、奥のお座敷へ持つてゆき座蒲団を出して、「どうぞ、お敷《あて》」と言つて林さんの顔の色を見ると、凄いやうな嘲笑《わらひ》顔をして色の白い片頬に手をあてて、「呂ちやん困つた事になつたね」と言ひながら妾の顔をじツと見詰めはりまんね」

「林さんはお口がわるいさかい、姉さん恐うおましたやろナ」

と小奴は興味をそそるやうに言つた。

十七

「婆やんが居りまへんよつてお湯《ぶう》もおまへん、今直ぐこしらへまつさかいと言うて、妾が立つと、「もう結構、直、帰ります、意気な家が出来たと聞いたから、一寸拝見に来たんだからこれでよいのです」てな巡査さんの言ひそうな口振で林さんは、其辺を見廻すと直ぐに立つて「中田君が来たら私が尋ねて見えたと言つて下さい」と謂うてプイと帰りやはりましてン」

と一息して。

「林さんに知られたらもう駄目や、難儀な事が起つたもんやと、がつかりして居ると中田はんが来やはりましてナ」

と呂之吉は、小力の燻らして居た敷島を横から黙つて奪つて、白い煙をスパスパと根能く吸いきつて又一息する。

呂之吉は此時の光景《こと》を顧《おも》ふと、うつとりとして、夢のやうに、十年前の恋の悲劇が、ムラムラと胸に迫るやうに、潮の寄せるやうになつて話が途切れて、自然、顔がうなだれるやうになると、熱い紅涙《なみだ》が一雫膝の上に落ちた。

小力も小奴も仲居のお定も涙にむせぶやうになつた呂之吉をぬすみ見るだけで黙つて居た。

「中田はんが来た、サア是からや、確然《しつかり》たのむぜ、呂ちやん、これからが面白い所やろう。

と雁十郎は勢ひつけるやうに云つた。

呂之吉は涙を拭きながら、

「あて羞しいわ、姉さん」

「ゑいがナ、話なはれな」

「話まつさ」

と、云つてそろつた白い歯を見せて莞爾《につこり》と笑つた、仇つぽいほど艶々しい。

「でな、中田はんに今しがた、林さんがお見えになつた事をお話すると「何うして林が知つたのだらう不思議だ、然し、もう知られたら駄目だ、八重、お前とは何うして斯う縁が無いやうな破目に落ちるんだらう、僕も実に残念だ」と云ひながらも、内心は既に諦めて居るやうな口振、男はなぜ斯ないに薄情だつしやろ、これだけ苦労をして居る妾にちよつとも同情がないのかと、妾もう恨めしなつて、腹が立つて「貴方《あんた》林さんが其様《そない》に恐いのだつか」と突掛ると「何も恐かない、少しも恐い理由はないではないか、然し友達に心配をかけてはすまぬからさ、皆な僕を思つて呉れる其親切は大いに難有といふものだ」「さうだつか、放棄いて呉りやはつたら何うやろ」「放棄けないのが親切ぢやないか」「ほんまに大けにお世話や、親切も大概にしたら何うだつしやろ」「お前は其様いふ心で居るから間違つてゐる、友人の同情を得ない様な女は到底も駄目だ、何誰《たれ》でもさうだ、其友人に可愛がられる女でなければ、情婦《いろ》の資格は無いと云ふこと位知つて居さうなものぢや無いか」「妾、何も林さんに可愛がられいでも可わ、妾は貴方にさへ可愛がつて貰へば、それで沢山」「僕は可愛がつて居るぢやないか」「可愛がつて居なはれんワ、少《ちつ》とも可愛がつて貰てへんワ」「仕様がないね、何うすりや可の」「もうよろしい、妾は貴方に捨てられるに極つて居ます、貴方は又林さんを口実にして妾と切れるつもりだつしやろ」「困るナ、お前は直にそれだから困る」「何で困りまんね」と妾も尚《すこ》し昂奮《のぼせ》て来ましたさかい、ブルブル震える両手で自分の島田を握むやうに、潰しながら詰《きつ》と睨んだげると「その気狂染みた眼を御覧、凡てお前の態度は莫連だから困る」「口惜しい、妾《あて》は莫連だす」と遂々泣き崩れました。「もう判つた、もう宜いではないか」「ゑゑ事おまへん、貴方は妾と切れるつもりだつしやろ」「困つたなア、もう深更《おそい》から今夜は寝ようではないか」と中田はんは泣崩れた妾を抱起しながら「八重ツ、お前の紅唇の乾いて居ること、まア、この紅い頬」なんて云やはりまんね」

「姉さん、御馳走さま」

と小奴は云つた。

十八

「源氏車の大形の友染模様を額取した蒲団を中田はんが引出しやはつて、妾を寝さして呉れはりましたけど、妾モウ何や知らん頭がモヂヤモヂヤになつて仕舞うて、顔へ袖あてて泣いて居ましたんだす、すると中田はんがキチンと妾の枕頭《まくらもと》に坐らはつて「お八重、お前は直ぐのぼせるから不可よ」とそれは夫は物やさしう謂やはりまんね、妾もさうなると気の毒になつて「もう堪忍、何も云ひまへんよつて堪忍して前の通り可愛がつとくなはれ」と云ひましたら「可愛がるもがらないも無い、可愛がらざるを得ないぢや無いか」斯ない云うて中田はんはスツと立ちやはりましてな「婆やは何所へ行つたのだらう、帰つて来ないぢやないか、彼奴《あいつ》逃げたのかも知れんよ、明朝《あす》は調べて見なくちや、事によると何か盗られて居るかも知れないよ」と表の戸締をして来てな、袴の紐をほどきながら其紐を垂して妾の顔をサラサラ、サラサラと撫ではりまんね、心わるいさかい妾が手で払うて、細う眼をあけて中田はんを見上げた時、ニツコリ笑やはつて「機嫌が直つたらしいね……」と」

「もう結構、それで沢山」と小奴は謂うた。

「もつと謂ひなはれ、フン、それから」と小力は誘ひ出す。

「若旦那、どないしまほ、小奴はんはモウ廃《ゑい》と言ふし、小力さん姉さんは、もつと謂へと言やはるし」

「貴妓、それから先を屹度話仕《し》なはるか」

と雁十郎は言つた。

「話しまんがナ」

「先刻のぼん屋の時のやうに誤魔化したらいきまへんぜ」

「話すわ、屹度」

「サ、夫ではききませう。それから、中田さんと、サア、どない仕なはつた」

「仲が直つたさかい笑ひ合ひましたがナ」

「それから」

「それから、あくる朝別れましたがナ」

「なんや」

「なんやて、何だんね」

「何だんねつて、左様やおまへんか、ぼん屋の時と同じやうなこと言うてやはるわ」

「若旦那、置きなはれ、それから先面白い話が呂ちやんにおますやうなら、今頃うろうろしてはりやしまへん」

と小力は冗談らしく言つた。

「姉さんえらさうに言やはるしナ」

「左様やないか、矢つ張り、そのまま逃げられたのやろ」

「そのままやないわ」

「そんなら其晩から後も、ずつと継続《つづい》て居やはつたか」

「イイエ、切れましてン」

「それ見いでエ、意気地のないこと、矢つ張り逃げられたのやないかいな」

「逃げられたのやないの、切れまして」

「逃げられたのか、可哀さうに、然し素人方の方が、中々色男やな」

と雁十郎は笑ひながら言つた。

「姉さん、妾、余程阿呆やし、後日《あと》から聞いたらもう其時は、名古屋から可愛らしい奥さんを嫁《もら》ふ事に、ちやんと話が定つて居やはりましてんと、真実《ほんま》に腹が立つたわ」

「お客さんに惚れたら、女の方がどうしても弱味やわ」と小力は言ふ。

「お客さんに惚れると何人《たれ》でも、屹度だまされるし」と小奴は、さも身につまされるやうに云つた。

「左様《さう》やろかナ、然し妾等《あてら》、阿呆やさかいだすせ。なんぼお客さんに惚れても誑されぬ人かてあるし」

と呂之吉は雁十郎の顔を見る。

「左様か、誰や」

「あるわ、なア、姉さん」

「あるやろか」

「あるわ、伊代治さん見なはれ、賢うおまつしやろ」

と呂之吉は賞めるつもりで云つた。

「伊代治！　さうやナ」

雁十郎は落すやうに軽く云つて、煙草の煙を細くゆるやかに吹出した。

十九

下座敷につくねんとして居る内儀のお時は、伊代治の来るのが遅いのにじれて、若旦那のお座敷へは顔を見せない、お気に入りの老妓でお鶴といふ冗弁《おしやべり》の、色の黒い丸顔の常磐津自慢の女が、静かに上る三階の階梯段から、口軽く剽軽に叫んだ。

「若旦那、来ましたぜ」

「だれや、伊代治さん？」と呂之吉は言ふ。

「妾」

と言ひながらヌツと顔を出す。

「若旦那お久しぶり、皆さんおそろひで、伊代治さんは」

「伊代治さんか、そこに居まんがナ」

「どこに」

「お鶴さん、貴妓眼鏡忘れやつたナ、可哀さうに齢は重《とり》たうないなア」と雁十郎は盃を渡しながら云つた。

「なぶりなはんないな、伊代治さん何所に居やはりまんね」

「そこに居るがな」

お鶴はお定、小力、小奴、呂之吉と一座を、一人づつしげしげと見廻して。

「若旦那、大人なぶりすると小便《しし》垂しまつせ、好い加減にしときなはらんか」

「あ、判つた、お鶴さんには伊代治が見えんのやナ、私は又誰を見ても伊代治に見えて困るのやが、難儀やナ」

「結構だんナ、妾などは又何人を見ても……」

と後を呑込む真似をして黙る。

「何人を見ても、フン孫に見えるやらう」

「ほつといて頂戴、若旦那」

とお鶴は賑かな座敷の取持方に、いつも雁十郎を相手の笑話、箱登羅を一番の贔屓役者として、屋形に迄出入のきく、色気も欲気も無いといふ口の下から、掘出ものぢやぜ今間《いんま》に屹度十倍になるからと買はされて、怪し気な骨董品を握まされることもある、其慾ぼけを嘲笑れるのも愛嬌の一ツとなつて、お鶴自身も今は立派な骨董品となつて居る、イ菱連では押しも押されもせぬ木戸御免の一枚看板である。

「お鶴さん今ここでかういふ話をして居つた所や、男に惚れると誑される、誑されるのは人間が馬鹿やから、賢い女は惚れても誑されぬ、伊代治さんは賢いよつて、なんぼ惚れても誑されたこと無い、と言ふ議論や、貴妓どない思ひなはる」

と雁十郎は言つて一寸考へて。

「一体、伊代治さんは誑されるまで惚れたことはあるまいと思ふが、どうやろナ」

「誑されたかどうか、それはしりまへんけど、惚れたことはおまつしやろ」

「あるやろか」

「あるわ」と呂之吉は云つたが、云ひ悪さうに、「あるやろと思ふわ」と言直した。

「私は無いと思ふ、あの気性では中々男に惚れまへんやろ」

と雁十郎は何か確信があるやうに断言《いひきつ》た。

「若旦那、それは殺生やわ、真実《ほんま》のことを云ひまへうか、伊代治さんは先途こないに云やはりました、若旦那、怒んなはんなや」

「怒るもんか」

「ナア若旦那、若旦那とは長い長い情交《なじみ》だつしやろ、もう十年も前ナ、勝木さんが旦那やつた頃ナ、彼時分は勝木さんが好きで好きで、若旦那はそない好きやおまへなんだテ、真実《ほんま》だつせ、然し今度は若旦那の方が好きで好きで耐らんと、べた惚気やワ」とお鶴は座《そ》右《ば》の団扇を取つて雁十郎を頭の上から煽ぐ。

「さうか、そら伊代治がさう言うたのかい」

「謂うたのやおまへんネ」

「それ見い、虚言《うそ》やろ」

「虚言でもおまへん」

「本人が言はな、虚言やないか」

「言はんけど、惚けました、その方がたしかでおまつしやろ」

「姉さん、よかつたナ」と小力も小奴も笑ひ出した。

「ハハハハ伊代治さんは賢いナ、自身が言うたのならほんまやけど、のろけ位なら矢張おつきあひや、あの妓は決して惚れたことはあるまいと思ふ、今日までにだつせ」

「女子《をなご》だすもん、好いたと思たら惚れもするし、可愛がられたら好きにもなるし、義理が重なつたら惚れあふこともあるのが、人情やおまへんか、伊代治さんかてさうやわ」

「イヤ、さうやないあの人だけは違ふ、違ふ理由がおます」と雁十郎は言ひきつた。

「ヘーン」とお鶴は首を突出した。

二十

「伊代治さんは何人《だれ》にも惚れたことは無いと云ふ証拠がおまつか」

とお鶴は剃立ての頤髯に蚊に喰はれた手の甲を摩《すり》付けて居た雁十郎に言つた。

「さ、それなら、伊代治が何人かに惚れたと言ふ証拠がおまつか」

「それはあるわ」

「其証拠がおまつか」

「論より証拠、第一、若旦那に惚れて居まんがナ」

「あほらしい」と言つて少し笑ひを帯びて。

「それは証拠にならん、私が特別に惚れられて居ると言ふ自覚が無い以上は、頗る薄弱な証拠と言はねばならないのです、よし又、私が自覚しても、其自覚が所謂自惚《うぬぼれ》の範囲内であるならば、尚以て証拠にはならぬのです」と真面目臭ツて言つて

「ハハハハ、鳥渡えらさうにおまつしやろ」と雁十郎は笑つた。

「オウ、六敷やの、そないに言はれると、何が何して何とやら」

とお鶴は軽い身振をして、

「けど若旦那、若旦那のお座敷と、余処のお座敷と伊代治さんの様子が違ふさかい直ぐ判明《わか》るわ」

「他家のお座敷て何家のお座敷」

「何家《どこ》でもやわ」

「何家でもやは心細い、判明《はつきり》言うて欲しいもんやナ」

「買出してやはるワ、姉さん、判然言ひなはれな」と呂之吉は言つた。

「言ひますせ、平鹿！」

「フーン、平鹿！　平鹿では何《ど》ないにする」

「なにがだんね、呂ちやん、えらいことになつたし、サア、是から呂ちやんの番や」

「姉さんづるいわ、妾嫌だつせ」

「判然《はつきり》言ひなはれと、呂ちやん貴妓の差図やないか」

「そやけど姉さん見んか、妾、降るし」

と呂之吉は立上がる。

「呂ちやん、そら卑怯や」と小力も小奴が言ひ出した。

「そこでしなはれな」とお鶴も立上つて呂之吉の袂を捉へて放さない。

「妾小便《しし》したいわ」

「お定、其ビールの瓶を貸したげたらどうや」

「あほらしい、これでも女子だつせ」

「女子はんだつか、さうやさうや、呂ちやんは女子はんやつた」

「若旦那、覚えて居なはれ」

と言ひながら、呂之吉は明石縮の浴衣の前を合せながら三階を降りてゆく。

「お鶴さん、矢つ張り、平鹿の話がききたいナ」

と雁十郎は冗談らしく言ふけれど、大勢の前で言ふ、伊代治との痴話は、いつでも平鹿が元で花が咲くのである、何人《だれ》からでも平鹿の話さへ聞いて居れば、満足して悦こんで居るのである、平鹿の情客《をとこ》に対する話は、悋気らしく見せて、其実勝利をほこる、一種の快感をむさぼるに過ぎぬからである。二人限《ふたりきり》になると、平鹿のお話は火の消えたやうになつて、いつも松家の勝木さんの話が出て、珍らしく伊代治の眼に露の涙を浮べるまで、痴話ぐるのである。

「可哀さうやわ、おきなはれな」とお鶴は雁十郎の前に近く坐つた。

「だれに可哀さうや」

「伊代治さんかて、嫌ひでも仕方がおまへんさかいだんがナ、そない言うて上げなはんな、あのお妓可哀想やわ」

「どないも云うてへんがな、私の方でお話を聞き度いと云うてまんねがナ」

「然しあのお妓は賢いわ、平鹿は平鹿、若旦那は若旦那と、ちやアんとお客さまに合ふやうに秘伝を知つてるさかい賢いわ」

「そやさかい、僕が心配でたまらないんや」

と雁十郎は間に合せのお世辞を云ふ。冗弁《おしやべり》のお鶴は平鹿の話をすると、雁十郎は少しは腹立てながらも嬉しがる呼吸を呑込んでゐるから、伊代治の姿の見えぬ時は、いつも座興の慰みに、平鹿の旦那の音声《こはいろ》を使つて笑はせることもある。

「若旦那、電話のお話、仕まへうか」

とお鶴は自からすすんで平鹿の情話《はなし》をそそのかし出した。

「又、電話か」

「廃《おき》まへうか」

「聞かう」

「それみなはれ、矢張り聞きたい癖に」

とお鶴は面白可笑く戸井さんの話をするのである、戸井さんは伊代治の大事な大事な平鹿の旦那である。

二十一

華城実業界唯一の元老たる戸井翁には年齢《とし》がない。矍鑠壮者を凌ぐ剛健なる戸井翁に対して「何時見ても実に御壮健でもうお幾何《いくつ》で居らつしやいます」などと尋ねられた時の御機嫌の悪い顔付つたら無い。言ふ方はお世辞の積りであつても其点が「今年八十です未だ杖もいりませぬ」と好んで自慢する普通の老人と違つて、何年《いつ》までも何年までも若がつて居る戸井翁は、年齢の話が出ると、顧みて他を言ふのである。年来順境に成育《そだ》つて来て、何一ツ不足のない老境の今の身の上に、此上の所望はと言へば、齢を重《とり》たく無いと言ふ慾より外には恐らくあるまい。広い交際社会に、戸井翁の年齢と言へば不思議以上の疑問として、影話の種となつてゐたのである。ところが去年の夏頃から偶然の機会に於て戸井翁の年齢が明瞭になつた。それは翁の関係して居る某会社の重役会の時であつた。

今を盛りの壮年の働手が、戸井翁を社長席に据ゑて、会議を開いて居た時のことである。丁度夏の暑い炎天の照射が、赤煉瓦の事務室に差し込んで、只だ僅に扇風機の力を藉て凌ぎ得られると云ふ時に、上衣を脱ぐもの、白服のぼたんを外すもの、羽織を脱ぐものの中に在つて、泰然として羽織袴の鷹揚なる態度をいささかも崩さぬ戸井翁の威厳ある社長振に感心した某重役が、「社長の真似は我輩蛮党には到底も出来ませぬ、我々は何故斯の如く辛抱が出来ぬかと、実は行儀の悪いのに恐縮いたしますが、又一面に於ては、社長の壮健なるに遠く及ばぬからだと、此点に於て一層残念に思ひます」

と言つた時、平生年齢の話を避ける戸井翁が。

「私も、もう七十七ぢやが、然し衰えたとは少しも思はない、大隈伯を見なさい、彼の老軀を捧げて君恩に報ゆる奮闘振は実に勇しいことでは無いか、あすこ迄活動《はたら》かねば人間は駄目だ、衆望に対して飽までも責任を完うせんとする伯の意気は却て壮者を凌ぐ概ありと云ふべしだ。其大隈伯は私と同年ぢや、私も一層奮発して働らかねば申訳《すま》ぬやうな気がする」

と戸井翁は、豊頬無髯、たとへ其髪は染めてあるとしても、艶ある黒髪をなでて豪然として言はれた以来、戸井翁の年齢は大隈伯と同一だと言ふことが判明《わかつ》た、其以来は、伯の元気ある話や、大隈内閣の活動振などに就て賞めることがあれば、自分が賞められるやうに喜んで居た。寧ろ稚気であるまでに、大隈伯と同年であることを誇るやうになつた。老朽事に堪へず、夢蝶老翁為す無きを嘲けられて来た其反抗的に、七十七翁戸井夢蝶と、御自慢ものの俳画は蘆に蟹、其自画賛に落款するやうになつた。然し自分の情婦《こひびと》の可愛い可愛い伊代治には、まだ年齢を白状《いふ》たことはない。伊代治もまた戸井翁の年齢を聞いたことは無い、五十に近い二人の齢の差は、お互に言はぬところに情愛《いろけ》があるので、甘えるやうに馴れ染むる伊代治の艶色を弄ぶ戸井翁に年齢の無いのは勿論である。

二人の逢瀬を垣間見た平鹿の若い仲居が「電話のお話」といふ符帳をつけた以来、戸井翁と伊代治との恋物語の噂が出ると「電話のお話」だつかと何人でも知らぬものは無い迄に、公然の秘密となつた。

「戸井翁と伊代治との情事《なか》は天下広しと雖も、平鹿の内儀より外に知るものは無いことに成つて居る。今夜行くといふ電話が、直接に内儀に通ると、内儀は屹度仲居に、電話のお客さまがお越になるからといつて注意する。自用車の幌深く玄関に横付になる。戸井翁のお取次は「電話のお方」といつて決してお名前を言うたことは無い。御案内は必ず内儀がする役に定つて居る。あく迄も秘密に、誰にも知られぬやうに、しかも活字に摺つたやうに、公然の秘密となつて、北陽第一楼、平鹿の名物として、戸井翁と伊代治との紅縁《えにし》を知らぬものはない。

二十二

堂島川の涼風がユウカリの老木に音づれる夕まぐれ、硝子窓を開放ちたる戸井家の浴室には、戸井翁が念入のお化粧三十余年来使用《つかひ》なれた、ぬれがらすに白髪を染めて、手拭に堅く頭髪を包みたるまま一夜を明し、翌朝は綺麗に洗ひ落して、香油の艶々しく、櫛の歯に若返れる、肉汁に半熟の鶏卵、軽く朝飯をすまし、昼はスツポンの汁に滋養の贅を尽して、打水の清げなる、内露地に網目の灯光、淡く照す平鹿の玄関先に戸井翁の姿が現はれると、丸髷に色白の丸顔、可愛らしい内儀が先に立つて二階のお座敷へ御案内する。

「お重《ぢう》、大分涼しゆうなつたの」

とさびれた声で言ひながら梯子段を上る。二十貫もあらむと思はるる肥満長身の老軀如何に壮健なりとは言ふものの梯子段には大儀な足取り、内儀の身軽に上りゆくを、牽制的に呼止めて。

「お重、どうや、大分腰の廻りが肥つたやうぢやが、食物が佳いと見えるの」

「旦那はん、何や知らん、厭らしう肥つて難儀しまんね」

「いやらしいものか、丁度頃合の肥りかたぢや、槌公がお喜びぢやろ」

「いやだすせ」

と内儀は軽く笑ひながらお座敷の外に立つて戸井翁を迎へる、お座敷には麻の座布団に大形の脇息、首を少し傾け勝にして居る戸井翁がまだ坐らぬ先に。

「旦那はん、お浴衣をお着代へなさいませ」

と内儀は叮嚀に言ひながら、用意して在る浴衣を広げると丁度其時、いそぎ足に伊代治は上つて来た。

「お越やす」

と片手丈一寸ついて、中腰に坐つてお辞儀をしたと思ふと直立つて、内儀から浴衣を受取る。

「お」

と伊代治を見てうなづいた戸井翁は、象のやうな可愛らしい細い眼に笑を見せて。

「着代へるかの」

と云ひながら黒紋付の羽織を脱ぎ捨る、袴の紐を解く後に伊代治は立つて居た、内儀は乱れ箱に脱ぎ捨た衣服の始末をして居る、戸井翁が衣服をぬぐと、伊代治が派手な有松紋の浴衣を後部《うしろ》から着せてくれる。

「毎日暑いのう」

「暑うおまんな」

と云ひながら伊代治は絞縮緬の三尺を結《し》めて居る戸井翁を角形の渋団扇で煽ぐ。

「旦那はん、お浴は」

と内儀は乱れ箱を持つて出て行かうとする時に云つた。

「お浴はもう宅《うち》ですんだ、伊代治、お前どうや」

「伊代治さん、貴妓は」

「内儀さん、妾もすみまして」

と伊代治は言ひながら、時計、紙入、莨入、ハンケチなど、小さな煤竹の籠に入れて床の間の隅に置いて、戸井翁の右傍に坐ると、此所へと、自分の面前に近く二尺余の所を指示《さす》と、伊代治は、いそいそと翁の指示通りに坐る。丁度涼風が、結立の島田の鬢を吹乱すので、一寸髪に手をあてたまま少し後へ寄る、内儀の下りてゆく後姿を見送つて二人ぎりになると、伊代治はつつと膝をすすめて戸井翁と、すれすれに。

「旦那はん、先日は大けに」

と軽くお辞儀をした。

「ム」とうなづく、嬉しさうな福々しい戸井翁の顔。

「旦那はん」

と伊代治は甘たれるやうに戸井翁の膝の上に薔薇の香のするハンケチを持つたままの手を載せた。

二十三

白地に棒縞の軽羅《うすもの》の下から、ところどころ紅入友仙の長襦袢の涼しげに見ゆる、黒味がかつた絽に派手な蘆の葉の白縫の半襟をかけて、帯は白博多地に銀縫の大模様、宝石入の帯留、桃色絹縮の帯上の取合せよき、琅玕の根掛に同じ一つ玉のかんざしなぞ、何一つ嫌味なき伊代治の粧飾《よそほひ》の美しさ、中肉中丈《ちゆうぜい》、髪の毛の黒く房さりと艶々しき、眉は濃く、露の湿ひを含めるパッチリとした眼《まなこ》の情ある、おとなしく豊《ふつ》くりとした顔の容《かたち》に、紅白粉の極致を尽して、北陽《きた》に軍鶏の一鶴、三十を越せども容顔些細《いささか》も衰へずして、まだ二十四五の綺麗盛り、華城唯一の元老戸井翁の寵と、日本一の名優中村雁十郎の恋を荷うて、栄華を唄ふ花街《くるは》の流行妓《はやりつこ》、平田の伊代治は羨望の中心点《まと》とそねまれて居るのである。

伊代治は美しく濃艶である。怜悧である。其賢さは理性に勝ちて情に乏しいのを免るることは出来ぬ。恋の甘き面白味を味はうことは出来る、恋の闇の苦しい楽しみに安んずることは出来ぬ。愛情の泉を汲みわけて歓楽のちまたに酔ふことは出来る。痴情の果の極なき境に迷うて、夢のやうに戯るることは到底も出来ない。其遊戯秘事はあらゆる極致を発揮することあるも、彼女に狂熱の愛情を期待することは出来ぬ。只伊代治は美しい賢い芸妓である。美しい賢い伊代治は今しがた内儀が持つて来た冷たい湿《ぬれ》手拭で、戸井翁がテラテラした顔を拭き終るのを待つて、其手拭で自分の手を拭きながら言つた。

「旦那はん、妾、もうお腹がすきましたの」

「御飯にせうか」

「妾云うて来ますせ」

と立上る。伊代治は遠慮ない小供染みた我儘を云ふのを却て戸井翁が喜ぶ呼吸を知りぬいて居る。

「よろしい、お重を呼びな」

と戸井翁は手を叩いた。二人のお座敷には仲居は何人《だれ》も来ぬ習慣になつて居るから、直ぐに内儀が上つて来た。

「御飯ぢや、伊代治も一緒にな」

「もう出来て居ります、伊代治さん、今夜はおいしものがおますせ」

「さうだつかおかみさん」

「然し貴方嫌ひなものやし」

「さうだつか」

「待ちなはれや」

と内儀は云ひながら降りて行つた。

やがてお膳が運ばれると、向ひ合せの小酒盛、伊代治はスタウトにシトロンを等分に注いで黙つて差出すと。

「伊代治、お前お毒味に一口呑んだらどうぢや」

「旦那はん」

と伊代治はニコツと笑つて、言はるるままに一口のんで、其儘戸井翁に渡す。こんな他愛ないままごと染みた差向ひになると、伊代治はあくまでも赤児《ねんね》である。

「どうや、これは」

と、戸井翁は内儀が運んで来た調製《こしらへ》たての肉汁に少し塩をふりかけて伊代治の前にだした。

「旦那はん」

と躊躇《ためらう》て居る。

「お前はなぜこれが嫌ひや、おいしいよ」

「妾も病院に旦那はんの御厄介になつて居つた時は飲《いただ》きました、けど、何やしらん、もう堪忍」

「おいしいよ」

と戸井翁は一口呑干して。

「伊代治、お前、面白い話をきかさうか」

と眼を細くして、口を結んだまま首を少しかたげて、両肱を膝に張つて正面から伊代治を見る。

「どうぞ」

「十一日の晩な、先達ての土曜日の夜さ、或る芸妓が一人のお伴をつれて七時二十三分梅田発の急行汽車に乗つて出掛けるとな」

「どこへだんね」

「初めは二等へ乗つて見たが二等には顔が差支《さす》人が居つたので一等へ移つて居ると」

「ア、いやだすせ旦那はん」

「オヤ、お前知つてるのかい」

「イイエ、だつて見なはれな」

「おかしいから、まアお聞きなさい、其芸妓が束髪のおくれ毛を夜風に乱して、或る停車場に着いたと思ひなさい、さうすると其処に一人の丈の高い男が迎ひに来て居つたものだ」

「どこの停車場だんね」

「それは岐阜の停車場」

「ア、いややわ」

と言つて伊代治は顔を染めて、なさけなささうに戸井翁をながしめに見た。

二十四

「何人《だれ》がそないなことを言ひました」

「サア誰だらう、早いものぢや、然しそんなことは何うでも宜敷」

「旦那はん、違ひまんね、妾誑《あて》されましてン」

「その話は廃さう」

「でも違ふわ」

と初々しく言つて、うらめしさうに見る伊代治の態度は、雨を帯ぶる牡丹の花のやうであ る。岐阜に出演《いつ》て居た雁十郎に遭ひに出掛けた其夜のことを思ひ出さずには居られない。パナマの帽子真深に被つて、浴衣に黒の羽織、雪駄ばきの雁十郎が、夜深けに唯独り、停車場に迎ひに来て呉れたことや、万松館の離座敷に、白に墨絵の蚊帳の中のことや、金華山の麓のそぞろ歩きなぞ、思ひ浮べながらも、巧に打消す心づもりの、との詰りは袖にすがつて泣きおとす奥の手を心得て居るから、直ぐに甘えてかかるのである。

「その話は中止《おかう》、己が言ひ出したのが悪かつた」

「だつて旦那はん、違ひまんね、だれが其様《そん》なこと言ひなはつた、妾、大概わかつて居るわ、妾は憎まれて居るさかい損やわ」

「もう、その話は止さう、が然し伊代治、私はお前の為に言ふけれど」

と床の間の花籠を見ながら。

「あの籠に活けてある花を御覧なさい、紫苑、萩、桔梗と、世の中にはいろいろの花がある、春は桜の花、秋には七艸、又牡丹のやうな派手な濃艶な花もあれば、山茶花のやうに雪の中に笑つて居る花もある、然し花の盛りといつて、美しいと思ふまに直きに散りはてるのが運命ぢや、そこで能く熟考《かんが》へねばならぬことは、花は盛りの美しい許りが花の命ではない、さうだろ」

「はい」

静かにお説教を聴いて居た伊代治は、返事はしたけれど何の事だか判らない。

「花は盛りの美しいばかりが花の命ではない、美しい間は人に可愛がられて、それから散りはじめる、凋み初める、これからが花の値打のある所だ、即ち美しい花の咲くのは其実を結ぶが為で、実を結ぶ為に花は咲くものだ。さうだらう」

「はい、さうするとなんだんな、女子は赤児《ややこ》がなくてはあきまへんな」

「いや其問題ではない、それとは又、少し理由《わけ》が違ふ、つまり、これをお前方の様な美人に例へれば」

といつて戸井翁はニヤリニヤリと笑ひながらシトロンスタウトを一口呑んで、黙つて伊代治に渡すと伊代治も又黙つて一口呑んで、静《じつ》と翁の顔を見て居る。

「お前方の様な美人は、花で言へば今が盛りの美しい最中、其美しい花を人が見て喜んで居る、もう花の色が褪た、もう散る時だ、凋む時だと、人に捨られかかる時には、チヤンと花の役目をすまして実を結んで居らなければ駄目だ、さうだらう、其実を結ぶといふ事は赤児《ややこ》を生む話ではない、赤児があつても其可愛い赤児を持余すやうでは駄目だ、さうだらう。つまり、実を結ぶといふのは、食ふに困らぬやうにならなければ駄目ぢやといふ事だ、判つたらう。それに何人《だれ》でも美しい花の盛りの間は、散るまでに、どうしても実を結ばねばならぬと考へるものは無うて、只だ徒らに花盛りを夢中で過して仕舞ふ、お前は大丈夫だけれど、この心掛を忘れてはならぬ、さうだらう」

「ハイ」

「判つたかい」

「だつて旦那はん、妾など手腕《かいしやう》がおまへんわ」

「女の手腕と言ふものは悪辣ではいけぬ、つまり男の信用を得ることの出来る女が、手腕ある事になるので、それは男でも同じ事ぢや。さうだろ」

「さうだつか」

戸井翁は僅かばかりのスタウトの酔がまはつて、顔の色が赤光りしてくると、いよいよ眼を細うしてニヤリニヤリと御機嫌よく伊代治と二人限、お目出度く他愛なく親切づくめの談話をするのである。

二十五

賢い美しい伊代治にも恋があつた。若い時から柔かい手枕の数知れぬ苦労を積んで芸も容色《きりやう》も、北陽雙美の花妓《はな》の王となるまでには、嬉しい恋も、悲しい恋もあつたのである。八年間深く馴れ染めた勝木さんは、忘れることの出来ぬ情合《なか》であつた。年齢の若い美しい商人《あきんど》としてよりも、伊代治の情客《だんな》としての勝木さんは有名であつた。勝木さんが左り前となつた当時から、甘い恋の面白味を味ひつくしても、恋の闇の苦しい楽しみに安んずることの出来ぬ、賢い美しい伊代治は、怜悧《りかう》な芸妓として益々其美を発揮し得て来たのである。賢い伊代治は、恋愛に死ぬことよりも義理人情の中に巧に活きることを知つて居た。義理人情に死ぬことよりも、徹底したる理性に活きることを知つて居た。美しい伊代治は其美《うつ》麗《くし》さによつてあらゆるものの勝利者であつた。賢い伊代治は其賢さによつてあらゆるものの征服者であつた。堂島裏町の七拾円の家賃も、花の蕾の抱養《かかへ》の五六人も、差す手引く手の扇子もつ繊き腕《かひな》によつて曾根崎新地の宵の明星と唄はれるのである。此のやうに賢い美しい伊代治に、実を持つを例《たとへ》の花物語り、お釈迦さまに説教も一度ならず、老の繰言の度重なるを、いつも黙つて聴いて居る伊代治は、戸井翁の親切深いのと、寛闊なお金使の綺麗なのに敬意を表するは勿論である。戸井翁には伊代治の前に、円子といふ情婦《をんな》があつた。その女の時も、伊代治と同じやうに、普通表立つた情客《おきやく》ではない。祝儀がいくら、月給が幾何といふ様な月並の旦那ではない。此の点に於て翁は通人以上である。翁の意志を尊重せしむる権威は、花街《くるわ》の習慣を打破して、翁と愛妓《をんな》と、相互の其時によつて右から左に取引せられて、何人も怪しまぬのみか、一種の名誉としてそれを誇つて居るのである。一度は情婦《いろ》であつた円子がお茶屋を開業する時に配布《くばつ》た、贋ものの永楽善五郎、呉須赤絵写《うつし》　魁鉢《さきがけ》は、戸井翁振出の小切手一枚となつて、大枚金三千両と、お祝のしるし、其太腹の話が、伊代治をして赤児《ねんね》のやうに、あまたるい恋に、とつおいつせしむるのである。

花の物語がすむと。

「旦那はん、もう眠とうおますワ、寝ませう」

と伊代治は言つた。寝ようといふことは、未だ嘗て戸井翁より初めに言うたことは無い、必ず伊代治から言ひ出すのである。

「さ、寝《やす》むかな」

と言つて、両手を高く背延しながら、戸井翁は立上つた。それから呼鈴のボタンを押すと、例の如く内儀が上つて来た。

「内儀さんお床」

「お重、頼むかな」

と言ひながら、戸井翁はお座敷の周囲を大股に歩き出した。

内儀が自から床を展て居ると、伊代治は内儀の耳元でコソコソと何か話をすると、内儀はニツコと片頬に笑凹を見せる。伊代治は笑ひ乍ら降りて行つた。

「お重、どうしたのだ」

「伊代治さんたら、旦那はん、まるで小供のやうですわ」

「何を言うたのか」

「あのな、妾が上つて来るまで、旦那はんのお浴衣を私に着交させてはいけないつて」

「ハハハあいつは賢いからの」

「だつて、旦那はん、其心持だけでも可愛いおますがな」

「さ、お前に着かへさせて貰ふよりか伊代治の方がよろしいな」

「大けに」

とお重は笑ひながら床を敷いて居る。

二十六

内儀が床を展て、煙草盆、冷水など枕元を整へて引退ると、出違ひに伊代治は這入つて来た。水色地に水月模様の絽浴衣の涼しげなのと着換へて、紅入格子縞の伊達巻をゆるやかに巻き、特別に戸井翁の為にのみ用ゆる絽の桃色無地の湯具は、だらりと素足に絡んで、裾長の入山形より漏るる色つぽく仇めける伊代治は、お座敷の周囲を運動がてらに巡れる戸井翁に近づいて。

「旦那はん、お寝衣《ねまき》とお着換へやすな」

「これで好いぢやろ」

と有松絞の浴衣の片袖を上げて見せる。

「着換へてほしいわ」

「面倒ぢやが」

「けれど、妾これが大好きだすもん」

と伊代治は戸井翁の為に特に寝衣《ねまき》と見立てた轡繋ぎの横縞、竺仙の縮の浴衣を後部から着せかける、轡繋ぎは伊代治に浅からぬ因縁があるのである。

伊代治は枕元に坐つて、紫鹿の子の莨入をいぢりながら、「もう初めさうなものだ」と心の中で思案つつ、煙草をふかせて居ると、果然戸井翁は、床柱の前に突立つた。

胸部《むね》を張つて両足を八の字に広げ、両手を一直線に緊張《はつ》て、暫く深呼吸をして、それから両腕を前に一二三の懸声と共に屈曲式体操が初まる、それがすむと、片足づつ五度あまりシコを踏んで、再びお座敷の周囲を大股に歩き出した。

寝所にはいる前に行ふ規則正しい其室内運動の、狂気染《きちがひ》みた体裁《ていたらく》も、既に見慣れた伊代治には、別段可笑しくも、不思議とも思はぬ位平気になつて見て居る。それがすむと伊代治はつつと立つて、二つ折白麻の夜具を片付けると、戸井翁は床の中央に唯我独尊誰に遠慮もなく大の字の形、あくまでも手足をウンと延して、それから、床の片側に寝るのである。

「お前は実に寝姿がよいから感心だ、女子《をんな》の寝像のわるいのは実に見醜いものだが」と戸井翁は言つた。

「妾、羞しいわ、随分寝姿《いね》がわるいのだすもん」

「いや左様でない」

「さうだつか、けれど旦那はん寝入つた後は自分に判りまへんさかいナ」

「然し、それも心掛一つぢや」

「さうだつか、妾、小供の頃は寝姿《いね》がわるうおましてな、いつでもお父《とッ》さんに叱られましたの」

「ウム、それでよくなつたのか」

「妾がまだ十二三の頃、瀧光《たきみつ》に見習をして居た時分だんね、可笑しいことがおましてン」

「ウム」

「妾がお客さんと雑魚寝しましてな、其翌日、お湯へゆきましてン、さうすと、姉さん方が妾の顔を見てクスクス笑ひまんね、何や知らと、平気でかかり湯をして、それから、左の腕にさはると、左の腕に墨が附いてるやおまへんか、妙やなと思うて、手を見ると、右の手に真黒い墨がついいて、手拭まで薄墨がにじんで居まんね、ハツと気がつくと、姉さん方がみな、大きな声で笑ひまつしやろ、あんな羞しいことはおまへんでした」

「お客さまが悪戯《わるさ》をしたのぢやな」

「さうだんね、そいから直ぐ上つて瀧光のお母ちやんとこへ行きまして、其お話をするとな、お母ちやんも笑やはつてお駒はん貴女余り寝姿《いね》がわるいさかいお客さんに悪戯《わるさ》されたんやろ、チト気を付けでい謂やはつて其代り其お客さんにお芝居を奢つて貰ひましたの」

「ウム、それでは私も其話をきかせて貰うただけで、何んぞ奢らねばすまんな」

「旦那はん」

と伊代治のかまとと式にあまえる話がいたく戸井翁のお気に入るのである。

二十七

突然に夜具を両足でぽんと蹴つて、眼を細くウトウトと酔心地の伊代治の夢を驚かして、戸井翁は勢よく起きると、又お座敷の周囲を大股に歩き出した。一しきり運動がすむと、熱湯《あつ》いタオルで体を拭き羽織袴の行儀正しく、お帰宅《かへり》になる後姿を内儀は見送る。

「伊代治さん今夜深更《おそい》さかい泊りなはれな」

「おかみさん、妾帰《い》にますさ」

「帰《い》ぬならば俥にしなはれ」

「どうぞ、内儀さん」

と伊代治は裏町の屋形に帰ると、あはただしく手軽な他所行の衣装《きもの》に着代へて、心せはしく時家《ときや》にゆくのである。

「御苦労様」

と車夫《くるま》を帰して。

「おかみさん」と駈け込むやうに這入つて。

「若旦那は」

「三階だんね」

とお時はすすまぬ顔付。

「どないしなはつたのや」

とお時のつぶやくのを聞捨にして、伊代治は雁十郎のお座敷に駈けてゆく。

「おお辛度！」

と入口に坐つて、苦しい吐息をする。

「伊代治さん」とお鶴は直ぐに起つて。

「どないしなはつた」

「姉さん苦しいわ」

と言ひながら雁十郎の方をジツと見る、丁度雁十郎は、小奴呂之吉小力も小奴お定とアイスクリームを食べて居た折柄とて、匙を休めて伊代治の方を黙つて見ると、伊代治は。

「若旦那」と其傍に飛付くやうに来て。

「妾、苦しいんですもの、咽喉が乾くわ」

と言ひながら、雁十郎の持つて居るアイスクリームのコツプに口を当てると、雁十郎は笑ひながら匙ですくつて入れてやる。

「お、つめた」

と伊代治は人心に返つたやうに言つて居座を直しながら。

「もう一さじ入れて欲しいわ」

と口を開く。

飲かけの匙を入れて、それから一口づつ相互にたべる仲の好さ。呂之吉も小奴も、又初まつたと、見せつけられるのは今に初まつたことでないから、一寸目と目を見合せて笑つて居るばかりである。

「おおてれくさ」

とお鶴は無理に頓狂な声を出して。

「若旦那、もつと密戯《いちやつき》なはれ、伊代治さんかて、左様《さう》やわ」

「お母さん、どないしたらよろしいのや」

と雁十郎は上機嫌な笑顔。

「お母さんツて、阿呆らしい、お鶴さんだつせ」

「それではお鶴さん、どないいちやつきまほ」

「どないなと、アイスクリームの口移しなと」

「姉さん溶けるし」

と言ひながら伊代治は立つて、薄紫地に白の斑点ある軽羅《うすもの》の塵除《コート》を脱ぐ。

「アイスクリームは溶けて口移しが出来ぬならばおうどんにしなはれ」

「おうどんだつか、いややわ姉さん」

と伊代治は笑ひ出した。

「何が可笑しいの、成駒屋の十八番だんね、「名物よだれ入りうどんの食別《たべわけ》」つて、今に曾我の家が演《しや》はるから見《みい》で、ナア呂ちやん」

「若旦那と伊代治さんのおうどんの食別つて、ほんまに評判やわ」

「呂ちやん、未だあかんし、おうどんどこかいな、奥の手がまだおますせ」

「姉さん、左様だつか、奥の手ツて、何や」

「お鶴さん姉さん、知らんし、妾、いややわ」

と伊代治は云ひながら、衣装《きもの》の前をかき合はせて坐り直し、車に揺られてこわれたと見せた鬢の乱れ髪に櫛をあてて。

「姉さん、こないに根が落ちまして」

「貴妓、汽車に乗遅れなはつたてな」

「終電車の急行にやつと間に合ひまして、あの電車船のやうにゆれまつしやろ、直、酔ふし、苦しゆおましてな」

「伊代治さん京阪電車へ乗つてきやはつたのか」

と呂之吉は妙に「京阪電車」と力を入れて。

「あの電車、貴妓酔ふか、妙ヤな」

「だれだつて酔ふわ」

「フ……ム」と小力は笑ひ出した。

伊代治は不図気がついて、顔をぼツと赤くしたと思ふと、雁十郎も笑ひながら言つた。

「あの電車の社長はん誰やつたしナ」

戸井翁は京阪電車の社長であることを雁十郎は知つて居る。

「ア、いヤヤわ」

と言ふが早いか、雁十郎の右の手に、しがみつくやうに、伊代治は体をなげかけた。

「ア、痛」と雁十郎は笑ひながら体を少しあとへ退く。

二十八

「もう帰《い》になはるか、お定どん、自動車を言うてやつたらどうぢや」

「若旦那もう三時過だんね」

「もう、自動車は無いの」

と雁十郎は流石に御殿様のやうなところがある。

「若旦那、帰にますわ、御優くりお寝みやす」

「さいなら、お先に」

と呂之吉を先頭に、小奴、小力、お鶴などの降行く後姿を、梯子段まで見送つた雁十郎は、突然柱の上のスウイツチをひねると、お座敷の電燈が消えた。

「アツ、又いたづらしやはるわ」

伊代治は闇の中をぬけて、雁十郎の後部《うしろ》にまはつて。

「キヤツー」

「小供らしい」

と笑ひながら、又スウイツチをひねるとパツと電燈が点いた。

「どうぞお二階の奥の間へ、伊代治さん宜ろしゆおまつか」

と二階の方でお定の声が聞える。

「若旦那、二階《した》へ下りませう」

と伊代治は雁十郎と手をひき合つて狭い梯子段をもつれながら降りる。

「伊代治、危険《あぶない》よ」

「若旦那、わるさやわ」

「一寸お待ち、お前これから下まで梯子段が幾何《いくつ》あるかあてて見な、見ちやいけないよ」

少しおりかけた所で、雁十郎は伊代治の眼に手をあてて、併行《ならん》で立つたまま言つた。

「さうだんな、九ツ」

「私は八ツ」

「ずるいわ、若旦那、数へて置きやはつたわ」

「うそだよ」

「ほんまだつか」

「大丈夫。そら宜敷しいか、一イ二ウ三イ」

「四ウ五ツ六ツ、七ツ」

と数へながら降りて。

「七ツやわ、若旦那当らんし」

「お前かて」

と言ひながら二人は二階の六畳に這入つた。

伊代治の睡さうな眼付に反して、雁十郎にはまだ宵の心持ち、横になつたものの、中々寝入りさうにもない。

「若旦那、妾、先達て、岐阜に行きましたろ、もう、彼のことが知れてゐまんね、早いわ」

「フフム、誰がいふのや」

「それが判りまへんね、然し彼の晩、汽車の中で呂ちやんの好きな人で今九州に居る中田さんに遭ひまして、殊によると、呂ちやんが言やはつたかも知れまへんね」

「大事ないがなア、お前は又、何故そないにそれを気にするのや」

「妾は気にせえへんわ、ただ若旦那、貴方が困りまつしやろ」

「何故」

「若旦那、お扇さんが恐うおまつしやろ」

「阿呆かいナ」

「だつて清やんが言やはりまして、妾とのことが奥様に知れるとあかんしツて」

「清やんが言うた？　知れたつて大事ないつて、もう、成駒屋は伊代治さんには目も鼻もないつて評判ぢやもの」

「あほらしい、若旦那は凝性の倦性やさかい、今に伊代治さんは捨られるつて、皆に言はれまんね」

「私が凝性に倦性つて、お前は又不凝性《こらんしやう》に倦性やないか、何やしらん、たよりないよ」

「彼様《あんな》こと言ヤはるわ、若旦那、妾、今若旦那に捨られたら、どないしますやろか、知つてまつかいナ」

と伊代治はうらめしさうに言つた。

二十九

「捨られぬ先に逃出すから安心なもんやて、貴妓の相棒が言うてゐるよ」

「相棒て誰だんね」

「勝代さ」

「勝代さん、あほらしい」

と伊代治は言つた。

「勝代と言へば今夜も来なかつたけれど、近頃、何うかして居るのやな、お前とは、御神酒徳利で能うそろうた甲斐性もんとの評判やが、何ないして居るのや」

「勝代はんだつか、此頃は新派ごりやさかい、妾あきまへんね」

「何故や」

「妙だつせ、新派の方と何する時は、妾にも内所だんね、其代り近頃は、豆六さんと、そりや、うまがあふし」

「新派て、何人や」

「井上正夫はんだつしやろ」

「フフム」

と雁十郎は嘲笑ふやうな口振りで。

「嬉しい最中やろな」

「そりや面白うおまつせ、豆六さんと二人寄るとな、可笑しいほど夢中だんね」

「豆六さんの栄ちやんも長いもんやナ」

「もう彼様《あない》になると、どうすることも出来まへんナ」

「羨ましいかい」

「あほらしい、まさか」

と言つて伊代治は雁十郎の顔にジツと密接《くつつい》て
「妾、まだ連鎖劇《くわつどう》まで墮落せんわ、若旦那、貴方の女子はんは、其様《そない》な、たよりない人やと思ひなはるか」

「だつてお前が、羨ましさうに言ふさかい」

「いつ、妾が羨ましさうに言ひました」

「いんま、言うたぢやないか」

「あほらしい、若旦那、妾、そないな話になると直、泣きたうなるわ」

「また初まつた」

「けれど左様やわ、妾又、ほんまに泣きまつせ」

「もう堪忍してんか」

「夫でも見なはれ、妾はもう、ちやんと決心して居まんね」

「どないに決心して居る」

「もう決心して居るわ」

「泣きたいと決心して居る?」

「知らん」

と伊代治はすねるやうに言つて、麻のかけ布団を前に引いて顔を隠した。

「又泣くのかい」

と雁十郎は額まで被《かけ》てある夜具をとると。

「若旦那、真個《ほんま》だすせ、妾、真個《ほんま》に決心して居るわ」

「わかつてるよ」

「直、五月蝿さうに言やはるわ」

と伊代治は涙を含む眼に、媚をたたへるやうにして。

「妾、此様《こない》になつて若旦那に捨られたら見つとも無いわ」

「お気の毒様」

「知らんわ、もう」

と言ひながら伊代治は声を呑むやうにして泣いた。

三十

伊代治と雁十郎との情交《なか》は、優秀なる艶種として随分長い間三面記事を賑はして来た。日本一の名優雁十郎の湿事《ぬれごと》のお敵手《あひて》として、美しい賢い伊代治に役不足のあらう筈は無い。役者との情事《いろごと》に、忍ぶ逢瀬の嬉しい首尾を楽しむやうな古風と異つて、立派な芸術家としての雁十郎は、同時に申分のない粋なお客様である。過分のお手当を戴いて、気の張らぬ好きなお座敷に遊ぶ果報ものの伊代治は、此上到底も長く戸井翁のお世話になることは出来ぬものと覚悟して居る。花街《くるわ》の噂のあく迄も高い二人の行末は、此里の外見と意気地と、又かたくなの悋気《やきもち》と、朋輩衆への手前と、何や彼やで、添ひ遂げねばならぬやうに、一日一日と深い人情の恋に落ちゆくのである。

伊代治は、雁十郎となれそめてから、十五の春の昔なつかしき頃から浅からぬ縁に結ばれて来た、多くの紳士方の御愛顧のうすれゆくのがありありと見えて来るやうになつて、何かなしに悲しいやうな心持がして来る、今ここで万一にも雁十郎に捨られるやうなことがあらば、非常な恥辱である、どうしても絶縁《きれ》ることは出来ぬと決心をしてから、賢い理性に活きて来た伊代治も、初めて恋の苦しい方面を味はうやうになつて来た。

雁十郎が旅興業の行く先々には、必ず繁忙《いそがし》い中をぬけてゆく美しい伊代治の女房風なる丸髷姿が現はれるやうになつた、楽屋風呂にぼつてりとした艶麗な面と、伽羅の香までが鏡に映る厚化粧の舞台姿に対して、花は満開の伊代治が影のやうに入乱れるやうになつた。うすれゆく情緒の物足らぬ恋にじれてじれて来た雁十郎も亦、褪せゆく老の返咲に笑ふやうになつて、過去を思出の強い甘い恋の刺戟をむさぼるやうになつた。

「結局、妾は何《ど》ないなりまつしやろ」

「私もナ、ひよんなことがあると、笑はれるさかい、これで中々心配だつせ」

「ひよんな事て何だんね」

「伊代治、お前真実《ほんま》に勝木さんとは、何にも無いのやな」

「又言やはるわ」

「野暮やなアと、知つてまつせ、それかでも心配やから仕方おまへんやろ」

「何もおまへんこと知つて居ながら、勝木さんの話、もう嫌」

「さうかて見んか、折角落籍《ひか》したわ、伊代治さんはまだ勝木さんに未練があるてなことがおましたら、私かて恥辱《はぢ》やないか」

「若旦那、その話もう堪忍、妾又泣きまつせ」

「近頃は直に泣いておどかす奥の手が増えて来た、何人《だれ》に教はつたのや」

「若旦那に教はりまして」

「お門ちがひぢやないか」

「あほらしい、若旦那がいつまでも心配ばかりさすさかい、泣きたうなりまんね、ほんまに、何故こないにぢき泣き度うなりまつしやろ、泣くまいと思ひまつせ、我慢してまつけど、なんや知ら直き涙が出まんね」

「悲しい涙は目より出で」

と雁十郎はせりふがかつた本役治兵衛をそのままの痴話に東の空はほのぼのと白みがかる頃ふたりはやうやう眠るのである。


（大正四年八月、九月中）

梅　奴

一

幼少《こども》の時から花街《くるわ》近くに住慣れた梅奴は姉の小奴を力艸《ちからぐさ》に十四の冬、初めて津川の席《みせ》から舞妓に出た。客を人《ひと》とも思はぬ気随な、其代り瀟洒《さつぱり》とした美しい可愛らしい梅奴は、舞も鼓も一流妓の中に在つて、一際群を抜いてお師匠さんを驚かした。何事にも負ぎらいの性質《うまれつき》とて、衣服装飾《きもののもちもの》に我儘の贅を尽して居た。見習茶屋の松糸にいつも詰切りに出入して居る中、三輪さんといふ紳士に見込まれたのは花は蕾の十五の春、おぼろ月夜の晩であつた。

其頃東洋物産会社の大連支店長であつた三輪さんは、毎年春秋の二度東京の本店へ往復の途すがら、商売がてら大阪に半月余も滞在して居る時は、松糸の奥の離座敷で旅のつれづれ、浪花美人の膝を枕として満洲の塵埃《ちり》を洗ふのである。

梅奴の仇気ない、無邪気な舞妓姿が、三輪さんのお眼にとまると、松糸の内娘でお守役のお銀を動かして、宵の春の艶な話が結ばれたのである。

梅奴は廓《さと》の女の習慣《ならひ》として、一種の義務と観念《あきらめ》て居るから別段に羞しいとも、苦痛とも、又は見るからに耐へられぬ程嫌悪《いやらしい》とも思はなかつた。

十日許り滞在して芝居や物見遊山に楽しみ暮した三輪さんは、梅奴と堅い契を又の逢瀬の情話《はなし》にのこして大連に帰つた。

三輪さんに別れてからも梅奴は甚しく心淋しいとも思はなかつた。何をいうても、まだ年若の悪戯《いたずら》盛り、情事《いろけ》に縁のないお座敷になぶられて面白可笑しく夢中に暮して居るから、三輪さんのことを思ひ出して恋ひ慕ふやうなことは一度も無かつた。然し梅奴と三輪さんとの情約《なか》は、年に二度しか来阪《こな》いけれど毎月少なからぬお手当と、盆暮の心付、此廓《このさと》に行はれて居る表向の御祝儀なぞは、何に不足なく義理堅い松糸の注意で取計はれて居るのである。

三輪さんの不在中でも、梅奴には少しも不自由はなかつた。遊びたい時、行きたい所、休みたい折は、松糸のお銀の手で、心のままにして呉れるから、同じ年頃のお友達からも梅奴は幸福《しあはせ》な妓であると羨まれて居つた。梅奴は立派な旦那を守つて男禁制として、北陽《しんち》の大茶屋を横行濶歩して居つたのである。

　梅奴は十六の春を迎へた。三輪さんの来阪《くる》のを指折数へるやうになつた。早く逢ひたいと、いささか恋しいほどになつたのも事実である。待遠しかつた三輪さんに遇つて、それから又別れてから、何だか物足らぬやうに思つた事もある。其中に三輪さんの惚気をいふやうになつた。すきなすきな三輪さんと公然《おほやけ》に云ひ得るやうになつたのは初めから四年たつた十八の時である。

　梅奴の襟替は三輪さんのお蔭で派手に花やかに行はれた。一本立の意気な芸妓となる迄梅奴は三輪さん一人を堅く守つて、他人《ひと》に心を許すやうなことは無かつた。太鼓の名手として北陽《しんち》第一の名誉を専らにすると共に其操《みさほ》の正しい品行の美しい芸妓としてお約束のお座敷に無くて叶はぬ梅奴は、綺羅を競ふ伊達の中心点となつて、同じ年頃の五人連、音羽会の大将となつて牛耳を執るやうになつた。

　心のままに伊達を競ふ梅奴の旦那として、三輪さんに勿論不足はない。三輪さんは丁度三十五六歳、男盛りの雄々しい剛気《かた》い物産会社肌の好男子で、満洲三界に働いて居る丈に、物事鷹揚に、金費ひも綺麗な、申分のない男であるけれど、何を言うても年に二度しか来ぬ遠々しさが物足らぬので、従つて梅奴の日常生活に疎いのは止むを得ない結果として、梅奴の家庭には、恋より先に生活《くらし》問題《むき》の煩悶が生れて来たのである。姉の小奴は一人其間に立つて、我儘な伊達な梅奴の意気を満足せしむる為に、どんなに気苦労をしたかも知れぬ。いつも其の煩悶の末は、梅奴は三輪さんを一人守つて居らねばならぬかといふ平易《やさし》いやうな六ケ敷い問題に逢著《ぶつ》かつて、梅奴は初めて人生の行路に、意志《こころ》以外のあるものに迷はねばならぬことを知つたのである。

二

三輪さんを一人堅く守つて居る梅奴は松糸といふお茶屋が義理堅い代りに、又無茶な浪費を強ひない古風な、七六ケ敷い左様然らばが、何だか物足らぬやうに思はれるやうになつて来た。

当世風な平鹿では一人の芸妓に幾人かの情客《おきやく》を契《つ》けて、巧に綾なして居るけれど、堅苦しい古風な松糸では一人の芸妓には必ず一人の情客より外には契《つ》けない。同時に融通のきく平鹿では、芸妓にも時たま甘い予算外《こぼれ》があるけれど、松糸にはいささかの取ぞこなひも無い代り、規則外れの甘い話は滅多にないのである。

梅奴は何に不足なく松糸のお世話になつて居るけれど伊達を争ふ音羽会の姐さん株として、いつまでも姉の小奴の眉をひそめる心苦しい手許を頼るのは如何にも気の毒なものだと考へるやうになつた。然しまだ松糸に内密で、花の一枝を恵まうと決心したことはない。三輪さんがお留守の中も、梅奴は多くは松糸で働いて居た。松糸のお客に大森といふ紳士があつた。音羽会の五人連の中でも、取わけ梅奴を可愛がつて、いつも梅奴の愛嬌ある笑顔を見て喜んで居た。然し大森は、梅奴は此家《このや》の大事なお客で三輪さんの寵妓《おもひもの》といふことを知つて居るから口説いても駄目だとあきらめて居るけれど、心の底には忘れることの出来ぬ、熱い恋をかくして梅奴を招んで居るのである。

大森は三十五六の小造りな、いやみの無い男で大阪へ来て未だ間もない某会社員である。秋は木の葉の色づくやや寒むの晩で在つた。堂島座に長唄のおさらひの帰り途、音羽会の三四人に取巻かれて、松糸の奥の六畳の間に、火鉢を囲んでお酒なしの四方山話、今宵に限つて浮かぬ顔の梅奴をジツと見て。

「梅奴さん、お前今夜はどうかして居るよ、いやな顔色」

と大森は少し機嫌を買ふやうに言つた。

「さうだつか、そないに顔色が悪うおまつか」

と梅奴は小鏡を出して、つくづくと自分の顔を見ながら。

「青うおまんな」と言ひながら白粉紙を一辺《ひとあたり》あてて。

「大森さん、妾あんたに頼みがおますせ、聞いてくりやはりまつか」

と一寸言葉尻が巻舌のやうな、甘え声で、梅奴は媚ぶるやうに言ふ。

「お前さんのことなら、何んな事でも聞くよ、実はたのまれ度くつて待つて居たんだよ」

「お世辞はいやだすせ」

「お世辞ぢやないから、何なと言うて御覧」

「梅奴はん言ひなはれナ」

と同じ音羽会の雪松が言つた。雪松は小造りな、キリツとした意気な同じ十八《とし》の芸妓である。

「大森さん御酒を呑みなはらんか」

「お酒をツて」

「今夜はお酒を呑んまひよう」

「酒は、僕は駄目だ」

「貴方《あんた》、いま、何《ど》ないな頼みでも聞くと云ひなはつたやおまへんか」

「頼みツて何ぢやい、酒のことかい」

「お酒だんね、お政はん姉さん呑んでも宜敷しゆおまつしやろ」

と松糸の娘のお政に云ひながら、梅奴は自分で手を叩いた。

「えらい馬力やな、梅奴はんは」

とお政は笑ひながら云つた。

三

細かい大島飛白の袷に、鉄色羽二重の襦袢の襟を合はせて縞結城の袴を短かく着て黒紬に縫紋の羽織着たる大森は、梅奴と火鉢を隔てて差向ひに脇息にもたれて坐つて居る。同じ音羽会の雪松、福子を右左に眺めて、花里人《くるわもの》に似合はぬ文芸趣味の深いお政の軽妙な話上手に魅せられて、菓子や果物や番茶に紅唇《くちびる》を湿しながら、面白可笑しく遊ぶのである。

「お政はん姉ちやん、今夜はお酒呑まして欲しいわ、だつてお銀さんには内所だすせ」

「難儀やナ、そない迄して飲まんなりまへんか」

とお政は色白の面長に、玉のやうな露の眼の一入《ひとしほ》美しい、濃い髪を丸髷に結うて、古渡珊瑚の根掛に、ほうづきの様な一ツ球の簪、黒鼈甲に蔦の蒔絵の櫛をさして、いつも整然《きちん》と上品に、姿を崩さずして、心もち斜に坐つたまま云つた。

お政は松糸の相続《あとと》娘だけあつて、美しい上に、読書文芸の才はじけて花街《いろまち》には惜しいほどの生娘に育てられて来たから、色気なしに浮世話を酒肴の贔屓筋が頗る多いやうである。大森もお政の文芸趣味に共鳴して、掛りの仲居のお梅ばかりでは物足らぬやうに思はれてお政の面白い話に納得する迄は座右《そば》を離すのが何だか惜しいやうに思ふのである。

「何や知ら無酒苦酒《むしゃくしゃ》しまんね、雪松さん貴妓《あんた》も呑みでいや」

と襟替したばかりの梅奴は大人らしい口振で言つた。

「呑むし、福子はん貴妓も呑みなはれや」

「呑むわ」

「嬉しい、酔ふわ、大森さんかて妾の何んな頼みかて聞いてくれやはると言うたさかい、呑まないやだすぜ」

「よろしい、其代り僕はお酒の上が悪いから何様《どんな》無理を言ふか判らないよ、それは無論覚悟の上だらうね」

「よろしいおま、屹度貴方《あんた》無理言ひなはるな」

と梅奴は甘えるやうな巻舌で言つた。

「有難いナ。無理が言へるぞ、お許が出た以上はお政さん、貴方に責任は有りませんか
ら、御安心なさい」

「ほんまに貴方が無理など言うたら嬉しいけどな」

「驚くなよ、其の時逃げると承知しないよ」

と大森は梅奴の手を握つたまま言つた。

「貴方こそさばきなはんなや」

と言ひながら梅奴は立つて、裾模様ある縞物の二枚袷、紫地の麻の葉絞の丸帯、まばゆき
ばかり燃え立つ友染《ゆうぜん》の長襦袢の前を深く合はせて坐り直した。

小鉢を二品ばかり載せた吸物膳と上燗のお酒が運ばれると、大森は盃を梅奴に渡して自
らお酌をしようとする。

「何んだんね、妾からだつか」

「好きな方から呑むのが順だ、サアお酌」

「好きぢやおまへんけど呑むのだすせ」

「自分が発起人のくせに、文句を云ひ玉ふな」

と云ひながら大森は、梅奴の一口に飲干すのを待つて又お酌をしようとする。

「いやだすせ、今度は貴方だんが」

「僕かい、僕はそんな小さなものより早う酔うて早う無理が云ひたいからコップに願ひたいね」

「コップだつか、真個《ほんま》かいナ」

とお政は、いつに無い大森の元気にあきれるやうに言つて、コップを渡すと大森は直ぐにそれを梅奴に渡して。

「お前さんは、今夜は酔ひたいつて言ふだろ、サア早く、兎に角これで酔ひ玉へ」

「酔ひま、一杯注ぎなはれや、こぼれるほど注ぐんだすせ」

「よろしい」

梅奴は眉を少し寄せるやうにして、紅唇《くち》を放さず一息に飲干すと青色《あお》い頬は見るまに茜いろづく酔心地になつた。

四

「大森さん、貴方、卑怯やし、貴方男やおまへんか」

「僕かい。無論男だ」

「無論男やと、えらさうに言うてはるし」

「だつて男だから仕方が無いぢやないか」

「男なら男らしゆ飲んだらどうだんね、卑怯やわ。自分《ひと》にばかり呑まして」

と梅奴は酔が廻ると、言葉尻が巻舌にしどろもどろとなるのである。

「僕も飲むから、そのコツプをここに置きな、さう一時に、猛烈でなくてもよからう」

と大森はコツプを受取つて、一口飲んだまま膝の上の左の手の上に載せて、右の手で蓋をするやうに押へながら。

「梅奴、お前さん僕の何んな無理でも聴くと言つたね、忘れはしないだらうね」

「よう覚えてゐま」

「僕は真個《ほんま》のことを言ふつもりだ、お前さんも真面目に聞いてくれるだらうね」

「聞きま」

「僕はお前さんには、三輪さんといふ立派な旦那が松糸《ここ》に在るといふ事を知りぬいて、平日《いつ》も油を取つて居ながら、実はお前さんの、無邪気な可愛らしい、そしてきかぬ気の面白い所に執着《ほれ》て居ることを能く知つて居るでせう」

「さうだつか」

と梅奴は空々敷く受流して居る。

「馬鹿にするならば、もう中止《よし》ませう、僕は初めから真面目だと言つて居るでせう」

酒を飲むと両眼がすわる癖のある大森が屹と睨むやうに、きつく言ふと、梅奴は酔ひながらも、直ぐに柔らかになつて、

「きいてるわ」

と温柔《おとなし》く言つた。

「僕がお前さんを好きだといふことはお政さんにも平日《いつ》でも言うて居る、僕は又実際お前さんを好きでたまらない」

「おほけに」

と梅奴は軽く頭を下るやうにして微笑んだ。

「色気なしに好きだ、と口には言ふものの叶はぬ恋だとあきらめて居るから、僕も色気なしに好きだと言はざるを得ない境遇に居るのでせう」

「あてかて好きやわ」

「うまく合はせるなよ」

「ほんま、皆な好きだんね、ナア雪松さん、福子さんかてさうやわ」

「みんな好きやは」

三人顔を見合せてニコニコと笑ひ出した。

「ほんまだつせ、貴方を好きな連中だんね」

とお政も笑を漏して言つた。

「僕の方が皆な好愛《すき》な連中だ、然し今の話は真剣だ、僕が梅奴にどの位恋して居るかといふことは僕はお政さんを一番公平に知つて居ると確信してゐる、若し梅奴に三輪さんが無いものとすれば、僕は必ずお政さんを煩はして無理を言うて苦しめたに相違ないと思ふ、幸ひに其悲劇を見ずにすむのは矢張り僕の幸運のある所で、所謂不幸中の幸といふものだと思ふ」

「うまい事言やはるし、梅奴はん誑されなはんなや」

とお政は言つた。

「姉さん、大森さんは平日《いつ》かてうまい事ばかし言うてなぶりやはりまんナ」

「さうだんね」

「これは怪しからん、それならば僕が無理を言うても関はないね、屹度引受けるかい」

「引受けます、屹度引受けます」

「よろしい、善は急げだ、梅奴、お前覚悟をしなくてはいけないよ」

「覚悟してまんね」と梅奴は平気で笑つて居る。

「さう不真面目だから駄目だ」

「あんたかて左様《さう》やわ、そんな無いもの食ひは殺生やわ」

「無いもの食ひなものか、立派にあるぢやないか」

「あるかて、そないに世間狭いやうに梅奴さんでないかてよろしおまつしやろ」

「それ見なさい、矢張梅奴は駄目だろ、サアそこだ、梅奴は駄目だとすれば僕は梅奴に言ひたいことがある、可愛い僕の好きな、好きで耐らぬ梅奴に言ひたいのだ、僕は是でも随分浮気もして来た積りだ。梅奴が酒を呑みたいとか、今夜は酔ひたいとか、その可愛らしい舞妓上りの、云はば姫御前のあられもないと云つたやうな御酒沙汰、僕はちやんと読めて居る積りだ」

と云ひながら大森は梅奴の顔をジツと見ると、まだ醒めやらぬ酒の酔に、上まぶたの重げな眼を少し細めて、大森の膝のあたりを凝視《みつめ》て居た。

五

「僕が松糸で君を口説くことが出来ぬから云ふのだと誤解されては困る、いや誤解されても関はぬとせう、実は左様《さう》かも知れん」

と大森は笑ひながら云つて。

「梅奴、君は今が一番大事な所だ、十五の春から操正しく浮気するといふやうな楽しみも知らずに後生大事に三輪さんを守つて居る、お政さんの前で云ふのは可笑しいけれど、実際だから関《かま》ふまい、何程《いくら》不自由なく気をつけて呉れると云うても、派手に斯うやつて暮す以上は随分涙の出るやうな惨いことも有るに定つて居る。又情客《おきやく》なしに大茶屋のお約束に差込んで貰ふのは中々骨が折れるに違ひない、心苦しいこともあらう。然しここで僅かばかりの慾に迷つて、イヤ慾に迷ふと云つては可哀想だ、義理にからまれて間違ひを起すやうな事が出来たらそれこそ大変だ。能く一人の旦那で辛抱して居る、誠に感心なものだと、衆人の見る眼は、誰言ふとなく賞められるやうになると、其評判《うはさ》が何時か三輪さんの耳にも嬉しく響くに定まつて居る、又松糸でも放つて置く訳にはゆかぬと云ふ工合になつて、結局《つまり》義理と人情の持合、もたれ合ひで運が向いて来るものだ」

と大森は、身につまされるやうに聞いて居る梅奴の顔色を見ながら徐ろに話すのである。

「大森さん、妾真個《あてほんと》に辛いわ」

「さうだろ、辛いに違ひない」

「どないしたら宜敷ゆおますやろ」

と梅奴は美しう桜色に酔うた面長の顔を上げて、物云ふ度に可愛い鬼歯を隠すやうに口唇にハンケチを当てながら言つた。

「然し自分からお客さんを契《と》りたいとは思ふまいネ」

「それは思はんし、何人《だれ》かて左様《さう》やわ」

と梅奴はニコツと笑つた。

「お客さんは契《と》りたく無いとすれば、それは自身の心柄ゆゑ兎や角う言ふのは無理だ、さうすると何が一番辛いのかね」

「なんやかやおまつせ」

「なんやかやつて？」

「姉やんにすまんわ」

「小奴かい、それは仕方がないよ、妹の為に姉が犠牲になる時もあれば又姉の為に妹が犠牲になる時もある、姉妹《きやうだい》は相身互身《たがひみ》といふから、その事ならば眼を眠むつて辛抱して貰ふのさ」

「左様《さう》かて」

と言つて梅奴は、大森と顔を見合はせた。もう眼の淵には白露の涙がにじみ出てゐるのである。

「オヤ、涙ぐんで」

と大森は言ひながら。

「然し此様《こんな》可愛い妓達《こども》が涙をこぼすといふのも皆な因縁づくだ。致ようと思つて出来るもので無く、嫌だといつて止せるものでない。男と女の関係は、縁があればこそだ。マアマア三輪さんを大事にさへして居ればそれが一番勝利《かち》だ」

「妾《あて》はさういふと何やけど、今かてお客様《きやくさん》を契らうとは思ひまへんね、然し……辛いわ。ナア福子はん」

「そりや真個《ほんま》に可哀さうやわ、あのことやかてなア」

と福子は少し笑ひながら言つた。

眼の釣つた面長な福子は、梅奴と同じ齢の十八にしては初々しいほど仇気ないところがある。

「あの事ツて何?」

「あの事だつか」と福子は梅奴を一寸見て、味噌つ歯を現はしながら言ふのも可愛らしい。

「福子はん言ふのんいややし。堪忍や」

「あのことだつか」と雪松は合点するやうに笑ふ。

「よろしい、三人で勝手に承知して居つて、僕に言はないならば僕は覚悟がある」

「あないに言やはるわ」

「言はなくて宜敷」と無理に大森はツンとして見せる。

「梅奴はん貴妓《あんた》言ひなはれナ」

とお政は笑ひながら言つた。

「福子はん貴妓言ふとう、妾いややわ」

と梅奴はハンケチで顔を隠す真似をする。

六

「そりや真個に可哀さうやつたし、平鹿で東京の貴紳《えらいひと》だんね、同伴者《おつれ》が又お断はりを云ふことの出来へんえらい人だんね、一夜《いつぺん》限やさかいつて、お玉はん姉ちやんもお母ちやんも総系りだんね、小奴はん姉ちやんは、どこぞへ逃げて居まつしやろ、それがもうお客さんは寝なはつた後だんね、それに梅奴はんは泣きながらどうしても嫌やというてとうとう足袋跣足で逃出しやはつた、然し、あれは梅奴はん貴妓が悪いし」

と福子は話すのである。

「梅奴に少しも悪いことは無いではないか、立派なものだ」

と大森は言つた。

「それがだんね、最初《はじめ》梅奴はんがお玉ちやんに宜敷おますと言やはつたんだが」

「さうか」

「言ひましてン最初な、貴妓契《と》りでいや、ゐゐか自宅の姉ちやんも承知やさかい、一度限の旅のお客さんやさかいツて言やはりまして、妾、何や彼やクシヤクシヤして居まつしやろ、それに姉やんが宜いと言やはりまつしやろ、もう仕方が無いと思ひまして、其中に姉やんに廊下で遭ひましたから話しまして、そしたら、貴方のゐいやうにしなはれツてその時の顔ツたら、恐おましたぜ、それで、契《と》らうかしらと思ひまして、其中に何んや知ら悲しゆなつて来たさかい、自然《ひとり》で涙が出まつしやろ、もう契《と》るのがどうしても嫌だんね」

と梅奴は言つて一寸福子を見て「妾あの晩から未だ一度も平鹿へは行かんし、まだ恐いわ」

「それは大出来だつた。能く断つて呉れた、僕は三輪さんに代つて感謝して上げるよ。然し梅奴お前さんにはそれ丈の度胸があるから頼母しいが、世間には又可哀さうな妓もある、能く似た話だが君方の参考になるから、僕が一つお話をして聞かさうか」と大森は言つた。

「どうぞ」と梅奴は言つた。

「矢張平鹿での話だが、お前方と同じやうに襟替して未だ間もない、それはそれは可愛い温順《やさし》い妓があつたと思ひなさい。梅奴お前知つて居るだらう、商船会社の河福さんナ、彼の人のお友達に内海さんと云ふ神戸の船屋さんの成金があつて、其内海さんを情客《おきやく》にとらねばならぬやうに成つたものだ、河福さんのお顔に対して小奴には義理もある、其小奴が頼まれたので、平鹿に情客《おきやく》が無いと、お約束に指込《さしこ》んで貰へない、お約束が少なければ佳い芸妓にはなれぬと言つた様な月並のお説教に説伏せられてとうとう厭々ながら契つたものと思ひなさい。然も其の妓には立派な旦那がある、其旦那が又小奴贔屓で至つて小奴と親しい中でも、其所には花街《いろまち》の義理といふものが在つて、さういふ無理な場合に、一人むごたらしくも其芸妓が犠牲になる、実に可哀想な話で、幸にそれが其旦那に知れないから無事であるものの、知れたらば大騒ぎだと思ふ。僕はさういふ意志の薄弱の女は大嫌ひだ。事情は可哀想に違ひないとして、其処に女の意気地があるので面白い。又それが金銭《ぜにかね》に代へられない値打だ。それに、直に屁古垂れてしまふ意気地の無い女は可哀想だ、気の毒だ、とは言はれるかも知れぬけれど、結局《つまり》さういふ女は損をするに決まつて居る。然し、そこに其客様《おきやく》が好きだとか、或は非常に恋して居る人だとか云ふ事になれば又別問題だ。即ち旦那に対して又恋人に対する愛情の相違から言へば、其所《そこ》には女の生きた命がある。熱い血がある、即ち恋を立脚地としての人情の発露は……」と調子に乗つて大森は云ひかけ「かう六ケ敷くなると君方には判るまいが、まア畢竟、くだけて云へば惚れた中ならば旦那よりも恋人で苦労するのが人生の意義に叶ふと云ふものだ」

「オオ六敷。人生の意義ツて何だんね」と梅奴は云つた。

「畢竟《つまり》、惚れた男で苦労するのが精神的に女の幸福だと云ふ訳さ。ハハハ」

と大森は無雑作に笑つた。

「さうすと、何だんナ、惚れた男ハンなら苦労する方がえいのだんナ」と梅奴は云ひながら福子と顔を見合せてニツと笑つた。

「梅奴はんの嬉しさうな顔」と福子は言つた。

「オイ、梅奴には惚れた男があるのかい」

「さアどうだつしやろ」

「おますせ、今歳二十六戌の六白だんね」

「いやだすせ福子はん」

と梅奴はお酒の醒めかかつた顔を潮がさすやうに赤くした。

七

「二十六の惚れた男があるのかい、それはお目出度い」

「いヤだすせ、惚れてやへんし」

「ほれてるわ、ナア雪松つあん」

と福子は言つた。

「梅奴はん貴妓《あんた》惚れてゐるのやろ」

「惚れてやへんし、只好きだんね」

「惚れて居るのも、好きなのも五十歩百歩で同じ事だ。僕は梅奴が二十六の若い男を見付け出して惚れるといふのは大賛成だ、そこに初めて女の生命があると言ふもので、僕は実に君方に同情する、若い好きな情人《ひと》をこしらへて、せめては女と生れて来た意義を明かにして貰ひたい。それがどれだけ幸福であるかといふ事を話して聞かせたいね」

と大森は興に乗つて得意の恋愛談を試みようとするのである。弱い若い女の子にいつも深い同情を以て、意気な情話《いろばなし》や、粋にくだけて、辻占めいた、身につまされるやうな話をして遊んで居る大森は、自分の好きな綺麗な若い女を集めて他愛もなく、罪の無いざれごとに暮して居る。それが、酸も甘も嚙分けた年頃の女から見れば、却つて野暮らしいと嫌はれるかも知れぬけれど、鬼子母神のやうに飽くまでも可愛がる渠《やうす》の態度には、又懐しく慕ひ来る若い子もあつて、十七八の可愛い盛り、音羽会の御定連は、色気なしの親しい親しいお友達である。

「きき度いわ」と梅奴は言つた。

「きき度いし」と福子もいつた。

「梅奴はん、貴妓、こないな話が出ると気丈夫やろな」

と雪松は莨を吞みながら言つた。

「何故や」

「なぜやて見んか、貴妓には好きな若い美い男はんが出来たやおまへんか」

「好きばかりだんが」

と云ふ梅奴の顔は俄にさえさえしたやうに愉快さうになつて。

「若い男はんに惚れると、何んで幸福《しあはせ》だんね」

と云つた。

「御催促かな、宜敷、お話しよう、畢竟《つまり》、一語《ひとこと》で云へば、上等芸妓《いい》となるのは、女としては此位不幸福《ふしあはせ》の話はないのだ、能く考へて御覧、君方のやうに十三四の時から舞妓に出て、綺羅を飾る厚化粧、玉虫のやうな唇にお酒を注ぎ込まれる。いやないやな勤めもせなくてはならず。佳い舞妓になればなる程大茶屋より他には滅多に敷居も跨がぬから、おなじみは大茶屋の御客様ばかり、殊に北陽《きた》の大茶屋となると、客種は齢《とし》重た分別顔の、禿や白髪にうんざりする許りで、桜の宮の若旦那、平瀬、南郷などと若旦那扱にさるる御連中も最早四十近い宜いお親父様《とうさま》で、坊子《ぼんち》と呼んで見たいやうな人は、鐘太鼓で探しても雨夜の星と同じで見当るまい、さういふ大人を相手に、なぶられながら毎晩御機嫌を取つて居るのだから可哀さうで耐らない。男といふものは皆なかういふ大人のやうな人間ばかりだと思つて、其人に可愛がられる、可愛がられると其所に人情と言ふものが出来て、嬉しいとか好きだとかいふけれど、それは真正《ほんとう》の愛情でもなければ恋でもない。大人の方から見れば娘を可愛がるやうなもので、君方から見れば親父になつくやうなものだ。父子の愛と、男女の恋とは全然異《まるきりちが》ふものだ。恐く君方は未だ一度も、男女の恋を実験したことが無いから、それで無事に治まつて居られるので、男と女の白熱の恋といふものは、口に言ふことの出来ぬ猛烈な、高尚な、愉快な、さうして恐しいもので、例へて見れば、一寸手をかう握つたとしても」

と大森は梅奴の手を握つて。

「僕がかう握つても血が通ふまい、君は平気だらう、所が、これが廿六戌の六白の、似合の男だとすると」

と言ひながら力を籠めて強《きつ》く握ると。

「アイタタタタいややわ」と言つて握られたまま大森の顔を見て居る。

「それ御覧なさい、僕が握ると痛いだらう、所が、これが真個に廿六戌の六白の好きな人であるとすると、男が力を入れなくとも、男と女の血液《ち》が相通《かやう》から不思議だ、それは実際不思議なものだ」

「真個だつかいな」

と福子は話にききとれながら恍惚《うつとり》として問ねた。

八

「握手ばかりでは無い、接吻といふものも、男と女の真正《ほんま》の恋を知らない君方には到底《とても》判るものでない、青春の恋の燃ゆるやうな手と手がチヨツと触つたとしても、そこには全身の熱い血液が一時にほとばしつて、煮え立ち湧き立つもので、只だ簡単にキツスなんぞといふ様な形式より知らぬ君方は実に哀むべきものだ。要するに、白切符だなぞとおだてられて、佳い芸妓になればなるほど、女と生れて来た命の恋に遠ざかる運命の下にあるのは、如何にも可哀さうだ。そこで考へねばならぬのは、佳い芸妓となる為に、十七八の花の盛りを、乾ききつた大人の玩弄物《おもちや》に安んじて居るべきものか、それとも、女として生れて来た天賦の恋に活きる為めに佳い芸妓にならなくとも、所謂自我を発揮して、為たいことを為て見る、と云つて、何も堕落せよといふ意味ではない、畢竟、十七八の若い女の生命《いのち》を自覚して、神聖の恋を味はうて見るといふ事が一番に幸福な話だと思ふ、梅奴が若い好きな男を見付出したといふのは実に大手柄で、僕から見れば其青年は恋敵であるとしても、潔く其成功を祈る積りだ」

郵 便 は が き

料金受取人払郵便

小石川局承認

5475

差出有効期間
平成30年5月
31日まで

1 1 2 - 8 7 9 0

0 8 5

(受取人)
東京都文京区小石川3-1-7
エコービル

㈱展 望 社行

フリガナ		男・女
ご 氏 名		年齢　　　歳
ご 住 所	〒 ☎　　(　　)	
ご 職 業	(1)会社員（事務系・技術系） (2)サービス業 (3)商工業 (4)教職員 (5)公務員 (6)農林漁業 (7)自営業 (8)主婦 (9)学生(大学・高校・中学・専門校) (10)その他 職種	
本書を何でお知りになりましたか	(1)新聞広告 (2)雑誌広告 (3)書評 (4)書店 (5)人にすすめられて (6)その他（　　）	

愛読者カード
「曾根崎艶話」

■お買い上げ日・書店

年　　月　　日　　　　市区町村　　　　　　書店

■ご購読の新聞・雑誌名

■本書をお読みになってのご感想をお知らせください

■今後どのような出版物をご希望ですか？　どんな著者のどんな本をお読みになりたいですか（著者・タイトル・内容）

ホームページを開設しました http://tembo-books.jp/

と大森は真面目に話して来て。

「真個だすせ」とまだ慣れぬ大阪言葉を使つて見る。

「真個だんナ、さういふお話を聞くと芸妓はんツて真個に可哀さうなもんだんナ」

とお政は膝の上に行儀能く手を重ねたまま言って。

「さうかて、又、誰かて、佳い芸妓はんになりたいしナ」

「さうやし、芸妓に出たからには、妾《あて》かて佳い芸妓になりたいし」と福子は言つた。

「男はんテ、そないに言やはるやうな恋ツて、おまつしやろか」と雪松は大森の話が腑に落ちぬほど不思議に思ふのである。

「ナニ頃合なお相手さへあればお手習はいつでも出来る、又僕が何時でも参謀になつてやるから、松糸へも、もつと若い青年のお客様を歓迎するやうに頼むに限るよ」

「真個に若いお客様ツて無いしナ」

「何故やろ」

「いくらでも有るよ。大茶屋でない頃合のお茶屋へゆけばいくらでもあるよ、佳い芸妓になるの上等お茶屋でなければ厭ぢやなぞと、えらさうな事さへ言はなければ、理想な男がいくらでもある、君達は平素から眼が肥えて居るから、えらい人でなければ駄目だと思ふのが大間違で、何でも十七八の君達に一番似合ふのは廿六戌の六白」

と大森が言ひかけると。

「また廿六戌の六白が出たし、梅奴はん」

と福子は笑つた。

「ハハハハ廿六戌の六白が気になるものだからつい出て困る、悪い癖だなア梅奴」

「廿六戌の六白だつか」と梅奴は笑つて居る。

「なんでも頃合な年頃の若い見込のある男を見付け出したら、もう佳い芸妓にならなくとも宜からうぢやないか、それで女と生れて来た甲斐のある甘い恋を味うて満足することが出来れば其女は幸福だ。富も栄耀も宜い加減のもので、僕は君達が佳い芸妓となる為めに大人を相手に乾ききつた生活を送るのを実に気の毒に思ふから、梅奴が戌の六白」

「また出たし」と今度は梅奴が言つた。

「戌だから飛び出すのさ、もう少し黙つて言はせて呉れ玉へ。その戌の六白の好きな男を発見したのを喜んで居ると同時に成功して欲しいね」

「戌の六白ツて何人《だれ》だんね梅奴はん」

とお政は、此家に三輪さんといふ立派な旦那のある責任の上から言うても大森のやうに空想を楽しむわけにはゆかぬから、気になつて尋ねるのである。

雪松、福子、梅奴の三人は互に顔を見合はすばかりで黙つて居た。

九

梅奴は好きな若い人の名前をどうしても言はなかつた、雪松も福子も梅奴が明白《あからさま》に言うて仕舞へばなんでも無いことゆゑ、それからそれと話が発んだかも知れぬけれど、お互に顔を見合はして笑ふ許りで、お政も強ひて聞くのは悋気らしう思はるるのが嫌さに、梅奴に好かれた果報者は廿六戌の六白の男だといふことより外には何にも知ることが出来なかつたのである。

大森が帰らうとする時に、梅奴は周章《あわただ》しく立つて、大森の傍に来て小声で言つた。

「妾の好きな人、此次言ひまつさ、誰にも言ひなはんなや」

「オイ惚気かい、冗談ぢやないよ」

「違ふし、言ひなはんなやと云うてゐるのだつせ」

「宜敷、此次までお預けとするかな、お政さん僕は余程、甘いと見えるね」

「梅奴はん、大森さんが甘かつたら、辛い人が何処におまつしやろか」

「姉さん、廿も辛もないし、其代り信用がおまつせ」

「僕に信用があるかい、これは有難い。いい辻占だ、借金が出来るぜ」

と大森は笑ひながら座を立つて帰るのである。玄関先に見送つて居た梅奴は。

「福子はん来て居るし」と小声でささやいた。

「さうか」

と云ひながら、福子は先刻お座敷で受取つたまま懐中《ふところ》にねぢ込んで、未だ見ない五六枚の逢状を見て。

「成田はんと一緒やろ」

「さうやし。貴妓行くか」

「行くし」

と梅奴はニコニコ顔。

「なんや、心わるう二人でコソコソ話して。さうでおまつしやろ」

と雪松は一寸すねた真似をする。雪松には此家《このや》に筒井さんといふ分に過ぎた立派な立派な旦那があるから、二人のやうに気軽な、浮いた心持の交際《おつきあひ》は出来ぬのである。

梅奴と福子は連立つて松糸を出た。熟れる稲に雀の裾模様のある棒縞の二枚袷の褄を高くかかげて派出な友染の長襦袢が絡る急ぎ足の梅奴と肩をすれすれにならべて前はづみに小走りの福子は。

「辛度いわ、梅奴はん、そないに急きなはんないな」

「早う逢ひたいワ、貴妓《あんた》かて好きやろ」

「阿呆かいナ」

「秀代はん行てるし、屹度」

「さうかて、そんな急くのん厭」

と福子は立留まる。

「早おいなはらんかいナ」

梅奴は福子の手を執つて平鹿にいそぐのである。

星の光の冴ゆる秋の夜もいつしか更けて表町を西南に吹く寒い風は、行通ふ唄女《うたいめ》の裾に孕んで、浮世絵に見るやうな脛も露はな女に出遭ふと、流石に色街の情緒が浮んで振返る男の年齢《とし》にも羞ぬ磨玉の門燈《かどあかり》は、いつ迄もいつまでも宵のやうである。北側に軒ならぶ綾な文字を読んで行く一人の男は、薄羅紗の塵除《こーと》にゴム草履の足音もなく、鳥打帽子を少し深目に被つて、裏町を曲る角にくると。

「ヤツ、貞ぼん」

と丁度出合ひ頭の梅奴に呼止められたのである。

十

思はずも叫んだ梅奴の声に男は立留まつた。

「帰《い》になはるのか」

と福子は近づいて。

「折角来たんだが、も一ぺん帰りなはれな」

「貞坊《さだぼん》、貴方一人だつか」

上気して一寸胸騒ぎした梅奴は、福子の後部《うしろ》に立つたまま言つた。

「成田君が鑄掛だつしやろ、僕一人見せつけられて耐《あき》まへんさかい、飛出したんだす」

「秀代はんが居てはりまつしやろが」

「あれかて吉坊《きちぼん》だんが」

「さうかて、見んか、妾《あて》が添いて居るやおまへんか」

と福子はわざとなれなれ敷、ませた言ひ振をする。

「貞ぼん、も一度行になはれ」

と梅奴は言つた。

「でも今夜はもう遅いよ、僕一人、馬鹿らしいぢやないか。梅奴さん。貴妓えらさうに言うて泊るかいな」

「泊るわ、なア福子はん」

「妾、知らんし」

「泊るわ、関《か》めしまへんし、雑魚寝しますがな、なア福子はん、貴妓《あんた》かて交際《つきあ》ひでいや」

「真個に泊るかいな」

と男は言ひながら、梅奴と福子の真中《なか》に挟まれて、再び平鹿に帰ると、二階座敷の裏の廊下で、丁度寝衣《ねまき》姿の成田に出遇つた。成田の後部《うしろ》には、見習の時から初めて馴れ染めてまだ芸妓に出て間もない十六の可愛い菊代が添いて居るのである。

「梅奴さん、かういふ工合に見せつけられるんだもの、僕一人泊れるか泊れぬか、考へて貰ひたいもんやナ」

「さうだんナ、成田さんお楽しみ」

「円満だんナ」

と言ひながら成田に別れて三人は二階の八畳の間に這入つた。

男は外套《こーと》を着たまま火鉢の傍に坐る。

「貞坊《さだぼん》、外套を脱ぎなはれな」

と梅奴は後部《うしろ》から脱がせながら。

「秀代はんまだ居まつしやろ」

と福子と話をしてゐると、うはさをすれば影と言つたやうに丁度秀代は現《で》て来た。

「虫井さんお帰り、何処で遇ひなはつた」

と、今年十七の秀代は、音羽会で一番年若の美しい妓である。虫井と呼ばれた男は、戌の六白、廿六歳の遊び盛り、濃い眉に眼は涼しく、鼻筋通つて凛たる口元の締れる色白の優形、藍色の縞御召の袷に、変飛白の大島の羽織着て、角帯に紺足袋、少しも厭味のない、活発の気の失せぬ可愛らしい青年である。

「裏町の曲角で遇ひまして」

「秀代さん、貴妓、貞坊を何故去《い》なしなはつた。貴妓親切がないし」

と梅奴は笑ひながら言つた。

「貞坊《さだぼん》、妾かて好きだすせ、もう直、梅奴はんも福子はんも来やはるさかいつて止めましてもな、成田はんが、寐い、アア寐いつて、欠伸ばかりして床急ぎしやはりまんね、さうすると妾《あて》一人だつしやろ、貞坊、梅奴はんが居ないと、よう辛抱せんし」

「さうぢやおまへんがな、秀代はんは他人の花だつしやろ、僕かて寂しいがな」

「三人寄つたさかい、もう寂しゆはおまへんやろ、今夜は貞坊泊りなはれな、妾、梅奴はんに代つて云うて上げるし」

と福子は言つた。

「阿呆らしい、福子はん、貴妓かて好きやないかいナ、三人共同で好きだんね」

「えい加減になぶらんときなはれ、わかいさかい真実《ほんま》にしますせ、真実に泊つたら何様《どない》するのや」

「泊りまんがネ、雑魚寝しませう、なア福子はん、秀代はんかて宜敷おますやろ」

と梅奴はいそいそしく言ふのである。

美男の虫井を中央《まんなか》に美しい三人の寝衣《ねまき》姿の艶ける八畳の室には、軟い友染の夜具の袖と袖と、重なり合ふばかりに伽羅の香は移りゆくのである。

十一

中央《まんなか》の蓐の上に虫井は空寐入らしく眼を閉ぢて居る、右には秀代と福子が朱塗のそろひの枕して二人とも仰向に天井を見ながら何か小声でささやいて居る、左には梅奴一人燃ゆるやうな牡丹の花の友染着のまま、まだ坐つて居た。空色絹のカバーを被けた電燈の光は水のやうに淡く照して、八畳の間は幻の園のやうに美しいのである。

「貞坊、寐なはつたか寐るのンいや」

と梅奴は言つて、心もち立膝して覗いて見て。

「福子はん、秀代はん、貴妓かてまだ早いし」

と言つた。福子と秀代とは梅奴の声を聞くと、夜具を前に引いて、顔の半分《なかば》を隠して、急に眼を閉ぢて返事をしない。

梅奴は窃《そつ》と立つて、虫井の枕元に在つた巻莨《たばこ》入を取つて来て、ぬき出した芙蓉に火を点ける。スパスパと白い煙を吐いて、それから深く吸込んだと思ふと、男の枕元に坐つて又窺込むやうに白い煙を吹き出した。

「アツ！　ひどいことをする」

と言ひながら、仰山らしく起き上つて。

「鼻の穴に煙草喫す奴があるもンかいナ、悪戯《わるさ》やナ梅奴はん」

浴衣の上に無理からに結めさせられた紅白横縞の平ぐけを艶かしく巻付けた虫井の姿を梅奴は見ながら。

「狸寐入やさかい燻べましてん」

「無茶しいないナ」

「もつと起きて話しなはれな」

「もう寐むたいが」

「面白い話をきかして上げまつさかい」

と梅奴は言つた。

男は起き直つて、丁度山の端に昇り初めた月の姿のやうな、福子と秀代の寝顔を笑ひながら見て、手近な福子の鼻の尖を一寸軽く押へると、笑を忍んで居た福子は吹出すやうに笑ひ出して。

「貞坊、わるさやワ、秀代はん、貴妓も眼を開きでい」

「梅奴はん……まだ……」

と秀代は亀のやうな首を上げて見た。

「貞坊、今夜ナ、某るお客さんに遇ひましてン、そしたらな、其御客さんが言やはるには、佳い芸妓になるよりも好きな男と一緒になる方が、女の幸福やと。判つてまつか」

「好きな男はんと一緒になつて、それから佳い芸妓になつたらどうや、其方が利益《えい》がナ」

「ソラ左様《さう》やけど」

と梅奴は言つたが又熟考《かんが》へて。

「そやけど佳《え》い芸妓はんになつたら好きな人が出来まつしやろか」

「出来るし」と福子は言つた。

「豆作さん姉さん見んか」と秀代はいつた。

「秀代さんかて見なはれ、今まに佳い芸妓になるし、さうして好きなは吉坊《きちぼん》やろ」と男は言つた。

「梅奴はんかてやワ、佳い芸妓はんやろ、そして好きなは貞坊やろ」

と秀代は真似をして言つた。

「阿呆かいナ」と男は言つた。

「そんな、わやにすんのンいや、貞坊、妾ナ、今夜其お客さんが云やはりました、若い好きな男はんが出来たらば、苦労するのんが幸福《しやはせ》やツて」

「お客さんツて誰や」

「お客さんだつか、大森さんツて、福子はんに見られがきいてまんね」

「梅奴はん、いやだすせ。妾嫌《あてきらひ》」

「福子はん嫌だつか」

「妾嫌やわ、妾の代りは、画幅《かけぢ》買やはりまんね」

「さうやつたしナ」

と梅奴は笑つて。

「大森さんツて、そりや可笑な人だつせ、福子はんがまだ舞妓はんの頃だした、羽田のお約束に見られがききまして、そして其帰りだしたな」

「さうやし、貴妓《あんた》よう記憶《おぼえて》るしなア」

「その晩お茶屋へ一緒に帰りまして、店へもちやんと談判《きめ》てな、福子はん一人残りやはつた。それから何うやつたしな、福子はん」

「同伴者《おつれ》がおましたの、明日《あした》来るからつて直帰《すぐい》にやはりました」

「そやそや、さうするとな、お宅へ帰ると道具屋さんが幅軸《かけぢ》を置いておましたと、その画幅《かけぢ》が何でも福子はんと同じ絵やつたさかい、其絵の方が何時迄もあるから舞妓はんより絵を買うて置くツて、買やはりまして、福子はんやめて買やはつた画幅が現今《いま》はえらう値が出て儲けやはつたと、何時でも一つ話だんね」

「えらさうに言うても福子はん、あかんナ」

と虫井は言つた。

「福子はんと同じ絵ツて何や」

「お福サンの絵だつしやろ」

「さうか福子はん」

「しらんし、そんな話、どでもよろしいがナ、妾《あて》、もう寐むたいわ」

「まだ寐なはんな」

と梅奴は言うたけれど、其中に何人《だれ》も返事をしなくなつて、いつの間にか話も途切れて可愛い鼾声が聞え出した。

十二

空色絹を透いて部屋に漂ふ電燈の光を除けて、うつらうつらと夢心地の梅奴は、不図眼を覚した。賑かな色街にも草木の眠る真夜中もあると見えて、四辺《あたり》は森閑として、物に触るる風の音もなく、暗に響く鼠のいたづらも聞えない。梅奴は少し起き直つて、片肱を斜についたまま見ると、秀代と福子の寝姿は、いつの間にか消えて、空蟬のもぬけの殻である。男は後向き女のやうな襟足白く眼立ちて、静かに静かに寝入つてゐる。

梅奴は男の眠りを覚さぬ様に、一人蓐の上に坐つて、つくねんとなつた。そして男の後頭姿を一寸見たが、見るべからざるものを見たやうに妙に心が咎めたから、又横を俯下《むい》てジツと熟思《かんがへ》た。

「帰《い》のかしら」

と思つても見た。然し帰ぬのは何だか惜しいやうにも思はれた。此度は、男の方は最早見まいと心に決めて、横になつて仕舞はうとしたけれど、どうしても其気になれぬのである。いつも重いやうな睫が、冴え冴えとして来て、いつか知らぬ間に男の後姿を見るのである。梅奴は幾度か転々《もぐもぐ》して無理に寝ようとしては眼を閉ぢて居た、其中にうとうととしたと思ふ瞬間に、男の咳払ひをする音をばおぼろ気に聞いた。

「貞坊、おきて居なはつたか」

「うん」

「妾もだんね」

「難儀やな」

と寝返りをして、向ひ合せになると、男の顔をじつと見て居た梅奴は、ドキドキと胸騒ぎするやうになつて来た。

燃ゆるやうな恋をして、手と手と握ると其熱い血が雙方に通ふものだと大森の話を聴いても、少しも信じなかつた梅奴は、手と手と握らなくとも何だか血が通ふやうに茫乎《ぼつ》となつて、両方の手が少しく慓へ出して来るのを、夜具の中で堅く握りしめて居たけれど、わけも無く悸々《どきどき》と呼動《いきづ》く波ははげしく打つのである。

「梅奴」

「何だ」

十三

梅奴と貞坊との情交《なか》は、二人限りの秘密として堅く保たれて居つたけれど、流石に平鹿の仲居のお玉を欺くことは出来なかつた。平鹿では、若い美男の貞坊を客人《おきやく》として遊興《あそば》すことは梅奴にとつて危険だと思つたから、敬して遠ざけるやうになつた。

さうして、南街《みなみ》にも新町にも花里《くるわ》の遊蕩児《あそびにん》として名高い此種の御連中を避くやうになつた。虫井は平鹿に信用のある友人の成田と二人で遊興《あそび》に行くこともあるけれど、どうしても梅奴は遇はして呉れ無い。堰かるれば堰かるる程、貞坊と梅奴との恋は無理な工夫をして迄も遇はねばならぬやうに、深くなつて深くなるほど面白い若い同志のあたたかい夢は、宝家《たからや》といふ福子の実姉《あね》のお茶屋で結ばれるやうになつた。

宝家の三階の表格子から、斜に射込む朝日を真正面に受けて、街路《まち》を見下して居た虫井は、平生着《ふだん》のままの梅奴が御稽古帰りを見付けると、周章しく次の間に駆けこんだ。梅奴に横町の勝手口から這入つて。

「姉さんお早やう、福子さんは」

「留守だんね、まアお上り。貞坊まだ居やはりまんね、貴妓を待つててだすせ」

「さうだんか、三階だんナ」

「さうだす。ア、梅奴はん貴妓済みまへんが其お煙草持つて上つておくれやすな」

「姉さん、これだつか」

と梅奴は丸い赤塗の小盆に乗せて在つた芙蓉を持つて上つて行つた。

黒襦子をかけた縞お召の綿入に、濃紫に紅葉の縫のある半襟を見せて、舞扇を刀差にはさむ派手な友染と黒繻子の昼夜帯、意気な格子縞の御召の前垂をかけて、まだ粧飾《つくろは》ぬ銀杏返の乱れ髪を白い頬に垂らした、平生着の梅奴は三階の襖を明けて立つたまま、

「貞坊、嫌だすせ、又隠れるのは」

と言ひながら床の隣の押入を開けると、虫井はフランネルにお召の丹前の重着、絞の三尺帯をしめて積夜具にもたれてニコニコ笑ひながら黙つて居る。

「出なはれナ」

と手を引張つて連れて出る。

「貞坊、貴方に言はならんことおまして、まア、此処へ坐りなはれ」

と梅奴は火鉢を前にして、自分の横手の白縮緬の座布団を指示《さし》た。

「これでよろしゆおまつか」

と虫井はチヤンと坐つて顔を少し突出した。

「貞坊、あのな、今日早う帰《い》にましたろ、おさらひのお稽古やさかいと思つて姉やんに宅《うち》で一寸遇ひますとな、姉やんがな、貴方何処で泊りなはつたつて、きつい顔で睨みまんね。妾、黙つてると、梅奴はん、真個にえらい事になるし、妾、知らんしツて、言ひまつしやろ」

「何をだんね」

「それがナ、松糸のお銀さんから、呼ばれていまんね」

「何日《いつ》や」

「今朝直ぐ来てくれツて、電話がかかりまして、妾、お稽古に行つて留守やさかい帰りましたら、行きますせと姉やんが言うといて下りやはりまして、お銀さん、恐いし」

「何故恐いの」

「何故ツて恐いわ」

「僕と貴妓《あんた》のことが知れてまつしやろか」

「知れては居ないし」

「では何も恐かアないやないか」

「だつて恐うおまんが、店かて左様やわ、定どんかて変に思つてるし」

「知れたら何故恐いのや、矢張り梅奴はん、貴妓水臭いナー」

と言つて貞坊《さだぼん》は情を含んだながし眼に梅奴をじつと見た。

十四

男の膝の上に、自分の両手を差出して堅く握つて貰つて居る梅奴は、もたれるやうに前に屈《かが》曲《み》ながら、男を見上げて。

「貞坊真個だつかいナ」

「僕は虚言《うそ》は言ひまへんね、僕よりか貴妓こそたよりないよ」

「何が頼りのうおま」

「貴妓には三輪さんといふ立派な旦那がおますやろ」

「いやだすせ、三輪さんの話もうイヤ」

「だつて在るから仕方がないやおまへんか」

「いやだすせ、其話、貞坊、妾は貴方のお話真実にして居ますせ」

「真個やが」

「真実だすナ」

「嬉しいわ」

と梅奴は、恰も紅梅の蕾の綻びかかつたやうに笑つて。

「貞坊、お母さんは大事おまへんか」
「お母さんは無論賛成して呉れる、僕の方は、第一、僕がどうあつても貴妓で無くては厭やと主張すれば、僕の方は何うでもなるけれど、貴妓の方が却つてさうはいかぬやろ」
「いくわ、妾はもう死んでも貴方の奥さんやと心に決めてゐまんね」
「そないに言うて、欺すと許《き》かんよ」
「貴方こそ浮気もんやさかい、それが心配やわ」
「僕がいつ浮気しました」
「南にも新町にもおますやろがな、言ひまへうか、言うて欲しゆおまつか」
「そんな黴の生へた古い話は置いたらどうや」
「切れた切れたつて判らへんわ」
「まだ疑ごうてゐるのかい」
「いつまで過つても疑ごうし、妾、悋気深うおまつせ」
「僕の方が惚れてゐるから悋気深いに定つて居る、三輪さんが来阪《くる》と直ぐにお前さんは後足に砂やろ」
「又、三輪さんの話大きらひ、もう其話止めといつて居るやおまへんか」

「きらひつて、口先ばかりで判るもんかい」

「そんなら、どないしたらよろしゆおまんね」

「さうやな、嫌ひだといふならば、どこが嫌ひだといふことを判明《はつきり》言うて欲しい」

「無理やわ、みんな嫌」

「嫌つて何処がきらい？」

「みんな嫌」

「顔かい、心かい」

「みんな嫌」

「そんなら矢張虚言《うそ》やナ、顔かてえらさうやがナ、心は親切やないか」

「もう知らん」

「星はどうや、相縁か」

「星だつか、廿六で戌の六白だんね」

「よろしい、馬鹿にしなさい、貴妓は吃度今まに亭主を馬鹿にするに決まつて居る」

「貞坊、そんな話して、いぢめるのん厭」

「それならば、一生の御願や、三輪さんは嫌だと言ふ証拠を見せてくれ、僕は、断はつて置くよ、悋気深いさかい」

「嫌ひな証拠ツて、何ないしたら宜敷おまんね」

「ここが嫌ひやといふとこを話して聞せてくれ、それで僕も安心する」

「難儀やナ、言ひまほか」

「フム、どこが嫌や」

「あの方な、言ひなはんなや」

「ウム」

と貞坊はうなづいて、言ひにくそうな梅奴の顔を笑ひながら見て居る。

「あのな、くせがおまんね」

「癖つて」

「懐中電気がおますやろ、何時でもあれを持つて居やはりまんね。あて、あれが嫌だんね」

「懐中電気が嫌ひつて、妙やな、其理由《わけ》が判らんな」

「判明《わか》つておますがな」

「それでは梅奴、お前僕と真昼間、遊んで居るとするかいナ、厭か」

「貴方と違ひまんね」

他愛もない二人の痴話は綿々として尽きぬのである。

十五

白粉気のない色白の面長なお銀は、松糸の内娘の年長者《としかさ》だけあつて、弁説《くちかず》も少なく、性《こころ》質《だて》温順《をとなし》く、気長い上品な女である。自分の好きなお客だけのお座敷を受持つて何不足なく、気軽う暮して居る、年の頃は三十五六いつも丸髷に結うて大島紬の綿入に中形印度更紗の黒繻子の昼夜帯、誂へは渋い無好《ものごのみ》にて毛ほども厭味のない平生《ふだん》着のまま、表二階に火鉢を隔てて、今しがた宝家から虫井と別れて来た梅奴と差向ひになつて話をして居る。

「梅奴はん先達もな、物産会社の小村さんが、わざわざ来やはつて、お銀、お前、梅奴は大丈夫かい、何だか妙な世評《うはさ》があるやうだ、色男が出来たとか、好きなお客さんが来るとか、聞き苦しい話ばかり耳に這入つて困る、美しい若い女の事だから無理もないとは言ふものの、留守を預かつて居るやうな責任を持たせられた僕は、実に心配で耐らない、どうか間違の無いやうに注意してやつて呉れ、それに三輪さんも近日《ちかい》中に来るから万一《もしも》の事があつては困るから、能く実際《ほんと》の様子を聞いて見て呉れつて真実《ほんま》に心配して居ますさかい、貴妓には間違はおまへんやろけれど、実際《ほんま》のことを言うて聞かせなはれ」

「姉さん、何にもおまへん」

と梅奴は明確《はつきり》と言ひきつた。

「左様やろけれど、先達男山の八幡さまに参詣《おまいり》しやはつたつて、誰や」

「姉さん」

と梅奴は少し言ひ詰つたけれど。

「大勢だんね、福子はんも若吉さんも居たし」

「お客様は」

「成田はんや、虫井さんだ」

「虫井さんツて、貞坊やろ」

「姉さん左様だ」

「梅奴はん、貴妓、真個に注意しなはれや、若い好きな人でも、無茶をする極道息子や不良少年に関係《かかはる》と、今まに後悔するし、女子たらしに深はまりして難儀した千代葉さん見んか、小指でも切るやうになつたらどないしなはる」

「阿呆らしい、姉さん、妾真実《ほんま》に何にもおまへんから安心しておくれやす、みんな種々云やはりますけれど、只好きばかりだんね」

「ま、好きの中は宜敷《よろしゆ》おますけれど、ほんまにだまされなはんなや」

「姉さん」

と梅奴は、帯の間から抜取つた舞扇の先をいぢりながら言つたけれど、虚言《うそ》を言つて心苦しい胸の呼動は、しばらく波立つやうに思はれた。それも束の間で、能く知つてゐる朋輩《おともだち》の千代葉の身の上話を思ひ出すと、小指を切るやうになつたらどうだろ、自分には左様いふことが出来るか知らん、と言ふやうなことを考へて居ると、その中に切つても宜敷、切つて見たい、自分も吃度切つて見せると、昂奮するやうに、何だか一種の興味を覚えてくると、心強くなつて、平素《いつも》恐いお銀が少しも恐くないやうに大胆になつて来た。

「姉さん、貞坊ツて不良少年だつか」

と梅奴はおとなしやかに言うたけれど、心の底には嘲笑《わらひ》を含んで居るやうな様子が見える。

「不良少年?」

と鸚鵡返しにお銀は言つて、梅奴の顔をジツと見て居たが。

「そんなことはおまへんやろけれど、欺されなさるなや、貴妓はまだ若いさかい、ほんまに心配だすせ」

「大丈夫だ」

と梅奴は立上りながら言つて。

「お銀さん姉さん、三輪さん何日頃《いつ》来やはりまつしやろ」

「小村さんのお話では、もう大連を出発頃《たつ》だつしやろ、それよりか梅奴はん今夜から京都行、早めに行きますさかい、早う仕度してお出なはれ」

「姉さん音羽会みんなだんな」

「左様《さう》や、雪松さんは昨夜からもう行つてまんね」

「左様だつか、竹島だんな」

と梅奴は衣服《きもの》の前部《まへ》を掻合はせて、一寸背延びする姿が仇めいて美しい。

十六

紫の山、明き水《しろ》、花は紅にして、柳は煙《けぶ》れる京は木屋町の川端に、数寄をこらした竹島の奥の二階の広間には、雪松の旦那の御声がかりにて、松糸よりお銀を付添の音羽会の五人連、昨夜《ゆふべ》遅くまでしたたかお酒の賑かな騒ぎがあつて、旦那のお帰邸《かへり》のあとは、女ばかりの朝寝の床の上に、硝子越しの温い朝日が射込むまで、腹這に巻莨の喫み廻し、朝飯と昼飯を兼帯にすまして、申合はせたやうにゴロリと昼寝の夢から覚ると、湯上りの薄化粧、美し盛りの五人のぞんざいな団欒《まどひ》の上に、銅骨に薄紙の、菊の花笠の電燈がパツと点いた。

「ア、もう電燈が点くし」

「妾まだお腹が一杯やわ」

「妾かてやわ」

と雑談の部屋の中は、立こめた霞のやうに煙草の煙が漂つて、火鉢には敷島の喫殻《のみがら》が行列のやうに突込まれて在る。二日酔といつた様な工合に、懈さうな力の無い雪松は、束髪の乱れ髪を男枕にもたせて横になつたまま、赤地に藤の花の鹿の子絞の長襦袢が御召の綿入からこぼれかかる嬌態を、見る人もない女同志の情致《いろけ》ない寝姿に、これは又伊達巻のままの修飾《かざら》ぬ梅奴の立膝したのを見て。

「梅奴はん貴妓何や知らん、浮かぬ顔やし」

と雪松の言葉に誘ひ出されて。

「ほんにナ、姉さん余りお酒呑まんと置いでエ」

と秀代は心配顔にジツとみる。

「頭が痛いし」と言ひながら梅奴は立膝を崩して。

「秀代さん貴妓、妾、真実に羨ましいわ」

と坐り直して、心の底から感じたやうに言つた。負惜の強い梅奴は、恐らく未だ嘗て、自分の口から他人の物事に羨ましいといふ様な弱音を吐いたことはあるまい。欲しいと思ふ物を朋輩《ともだち》が持つて居た場合には、いつも、見て見ぬ振をするばかりでは無い、其物の話をする人があると、顧て他を言ふ位、負惜の強い梅奴が、秀代と顔を見合はすと、露骨に羨ましいと言うたので、秀代は不思議でたまらない。

「梅奴はん姉さん、いやだすせ、何が羨ましゆおまんね」

「貴妓は気楽やわ、さうして吃度奥さんになれるし」

「さア……どうやろ」

「先達の晩、吉坊が言うてたし、僕はもう女房は持たないツて、何故やツたら、秀代が可哀想やからツて、そいたら秀代はん落籍《ひかせ》なはつたら、どうやつて、宅《うち》の姉さんが言うたら、黙つて笑つてやはつた」

「さうかてあかんし」

「なぜや」

「妾《あて》、もう聞いてゐまんね」と秀代は沈んだ顔付。

「何を聞いて居る？」

「又奥様貰ひますやろ」

「さうか」

と福子は乗出して。

「あんた腹が立つか」

「いくら腹が立つたつて、仕様おまへんやろ」

と秀代は言うたものの、もう涙ぐんで来た。

「お客さんに惚れてもあかんしなア」

と雪松は同情に堪へぬやうに云つて。

「秀代はん、吉坊が奥さん貰たら貴妓どないする」

「どないするツたつて、何ないすることも出来へんやろ」

「奥様貰らうのん、嫌と言うて見いでエ」

「言うたら、どない言ふやろ」と福子は言つた。

「言うたかて、あかんし、頼りないさかいな」

と秀代は諦めて居るやうな口振。「もう自分の話やめや。神経が起るわ」

と雑談《はなし》の最中に、お石といふ名よりも堅いゴツゴツの女中頭が、新しいお番茶を持つて這入つて来た。

「梅奴はん、下座敷に、貴妓のお謂ひやしたお方が来ておゐるエ」

とお石は小声に癖のある切口上で言つた。

十七

「姉さん何人《だれ》」

「あてておお見やす」

「妾の知つてる人?」

「貴妓《あんた》はん方の能う知つておいやす方」

「誰やろ」

「妾のすきな人だつか」

「大阪のお方だつか」と口々に言ふ。

お石は、かりそめにも動かぬ体を一寸浮かせて、真面目の中に、少し笑ひながら。

「僕の好きな梅奴、梅奴つてお話どした、貴妓はん大森さん謂ふお方知つてお居やすか」

「大森さんだつか」と、梅奴は言つた。

「大森さん来て居まつか」

「一人だつか」

「何時から」

と福子、秀代、若吉の三人が云つた。

「先刻からお連様と御飯をおたべて、もう大阪へお帰りと言うててどす。彼のお方、気さくい面白いお方どすえな」

「機嫌のよい時は気軽面白いけれど、随分六ケ敷いお方だすせ、あの位照降のあるお方は少のうおます、な福子はん」

と梅奴は言ひながら立上つて、「妾、一寸遇うて来ますさ、福子はん貴妓用おまへんか」

「梅奴はん、貴妓、引張つて連れて来なはれ」

「さうだんナ」

と梅奴の出て行く後姿を見送つて居たお石は、年は三十を越せど、いまだに男を知らぬ角ばつた正直一筋の好い年増で、お世辞のない代り影日向もなく、男に縁なき後家の臭が自慢の竹島に評判の仲居頭である。

梅奴に連れられて上つて来た大森は、座敷の入口に立つたまま。

「オヤお揃ひで、お楽しみだね」

「貴方もう帰になはるつて、優乎《ゆつくり》遊んで帰《い》になはれな、そして、なんぞ奢りなはれな」

と福子が言つた。

「奢つてくれるつて、雪松さん、真個《ほんと》かい」

「あほらしい、貴方が奢んのだすせ」

「僕がかい、僕に奢る理由があれば、借金を質に置ても奢るよ、それよりか僕の代りに梅奴が奢りたいツて」

「奢りま、おごりますさかい、まア、坐ンなはれ。貴方に話がおまンね」

「僕にかい、又好きな人のお惚気か。京都まで来て大概にして貰ひ度いね」

と云ひながら大森は梅奴と秀代の真中に割込むやうに坐つて、其座右《そば》に坐つて居るお石を見ると、

「お石さん、久振だね、お前を見るといつでも思ひ出すよ、併し女はいつまで経つても若いから羨ましいよ」

「まア、お世辞のお上手どす事、貴方さんは急にお年をおとりどしたエナ、彼の頃はま

だお若うおしたなア、覚えて居ますせ、貴方《あんたさん》の絵はがきを、「春風や丁稚の髪の五六寸」……なツ絵もお上手どしたナ、十日ほど滞在《おいで》やした間、京の悪口ばかりどしたナ」

「さうさう能く覚えて居て呉れたね、有難い、女もかういふ風に親切が無くつちや駄目だ、梅奴記憶《おぼえ》て居玉へ」

「何をだんね」

「お前方、僕が一生懸命になつて教へても、直ぐに忘れるぢやないか」

「忘れへんわ」

「記憶て居るかい」

「記憶て居るさかい、今も神経を起して居る所だんね」

「何を神経に病んでゐる？」

「今も、秀代はんと、吉坊《きちぼん》の奥さんの話だんね、嫁はん貰らやはるつて、さうだつか」

「それは貰ふに決つて居る、それが判らなくつてどうするものかい」

と大森は予定の行動といつたやうに少しも驚かないのである。

「あない言やはるわ、大森さん、貴方平日《いつも》の口に似合はん同情がおまへんナ、貴方、見んか、松糸で言ひなはつたこと覚えて居やはりまつしやろ」

「能く覚えて居る、若い好きな人と苦労するのが一番賢い、それが一番楽しみなものだ。併し、秀代と吉坊の中と、筒井さんと雪松との中と、又貞坊と……」

と言つて大森は梅奴の顔を見る。

「貞坊と……それから」と福子は言つた。

「まあ近い話が人を見て法を説けで、奥さんになれる人と、到底も奥さんになれる見込のない人と、そこには種々の事情がある。即ち秀代は吉坊の奥さんにならうと思へば大いな間違だ、それは失望に終るに決つて居る」

「なんでだんね」

と梅奴は人事でないやうに、熱心にきくのである。

十八

「君方が奥さんに成らうと思ふのは大間違で、頭から狙所がわるい。大茶屋で第一流のお客様と出来て、うまい話ばかり聞かされて、奥様の姿を幻の様に描くなぞは、夢にも六ケ敷いとあきらめなくては駄目だ。平生《ふだん》眼が肥えて居るから上流社会の男ばかり見えて、同じ契《と》るならば何所《どこそこ》の何人《だれ》と云つた、名前のある人ばかりを頼りにして、末は其人の奥様にならうと云ふのは虫が能すぎる話で、昔はいざ知らず、将来《これから》は妾さんも中々六ケ敷いと思はねば駄目だ。秀代がいくら吉坊を好きでも、芸妓であればこそ可愛がつて貰へるので、それだけでも有難いと思ふのが宜しい。奥様は又歴然《れつき》とした家柄からお輿入になるのが当然《あたり》で、それを兎や角気にするのは、無理もないけれど、考へて見れば馬鹿気た話だと言ふ事が判《まえ》るに違ひない。昔からも下世話に言ふ釣合ぬは不縁の原因《とこ》で、芸妓を奥様《おくさん》にしても誰も怪しまぬ其種の人ならば格別、僕の知れる範囲内に於て君方の好きなお客様は、みんな落第だ」

と大森は秀代の手を火鉢の上で弄りながら言ふと、

「芸妓ツてつまらぬものやしナ、大森さん、身分が違ふと言やはりますけれど、そりや初めから芸妓とお客さんだすせ、判明《わかつ》て居ますやろに、なぜ、恋に上下の差別無しと言ひまんね」

と秀代は一世一代の智慧を出したやうな顔付で真面目に問ねる。

「秀代、お前さんえらい学者《ものしり》だね」

「学者だんね」と笑顔をする。

「芝居を見ても判るだらう、お姫様が下郎に恋をすることもある。然しお姫様と下郎と夫婦になつた験《ためし》は無い。つまり若気の痴情《いたづら》から一時の無分別な恋はあつても、夫婦になるには君方が想ふ様に簡単な訳にはゆかぬものだ、独り秀代に限らず、若吉も左様だらう、お前さん将来《いま》に御覧なさい、加々見さんも直に立派な奥様を貰ふから、さうすると今度は、河内屋で泣の涙の別れ話」

「いやだすせ、大森さん、そないなげんのわるい話、妾《あて》秀代はんの吉坊の話でも心で泣いてまんね、それに妾の若旦那の話」

と丸顔の可愛らしい、いつまでも小供小供した若吉は好きな好きな加々見さんの話が出ると、嬉しくても、悲しくても、直涙ぐむのである。同じ音羽会の中で一番正直な、そして温順《おとなし》い若吉はわるく云へば意気地が無いので、お客様の永続《つづい》たことが少ない、雪松、梅奴、福子、秀代と肩を比べて同じ交際《つきあひ》をするのは可哀相な位、客運が少ないので、たまに契《つ》いたと思ふと、いぢらしい程気を使うて直に男に惚れて仕舞ふ、誠に気立のよい、其代り面白くない、いたいけな芸妓である。

「では僕がわるかつた、もう加々見さんのお話は廃《よ》さう。いいだらう若吉」

と大森は取つて付けたやうな機嫌買をして、それから梅奴の方を見て。

「梅奴、貴妓は違ひますよ」

「なにがだんね」

「お前さんは夫婦になる資格がある」

「さうだつか、三輪さんには奥さんが東京におますせ」

「三輪さんぢや無い、そらお前さんの好きな人、惚れてもよろしい、活きた恋をし玉へ」

と僕が云ひましたでせう」

「活きた恋ツて、大森さん、真個《ほんま》に苦しゆおまんな」と言ひながら、梅奴は、四辺《あたり》を見廻した。

お銀は午後《ひるすぎ》から竹島《ここ》の女主人と黒谷の方へお詣りに行つて留守といふことを知つて居ても貞坊の話が出ると、気が咎めると見えて、自分の後が気になるのである。

「苦しいからそこに楽しみがあるのでせう」

「なんや知ら……泣きたうなりまんね」

「また聞かされるのかい。聞かされぬ先に一足お先に御免を蒙るとしませう」

と大森は立上つた時、下座敷の方で頓狂らしい女の声がきこえた。

「立派な嫁入が通りますエ、皆さん早う見にお出たらどうエ」

十九

「奥さんのお話仕たらお嫁さんが通行《とほる》し」

「嬉しやろな」

「腹が立つワ」

「あんたは真個《ほんま》に悋気深いし、他家《よそ》のお嫁さんを見てさへ、かうやもん」

「羞かしさうな顔をしてやはる」

「今夜寝やはりまつしやろか」

「阿呆やな」

秋の夜の黄昏過、嫁入の行列を見て居つた竹島の露地の入口に一団《ひとかたまり》かたまつた女連の口やかましい中に、いつもざれ口では退を取らぬ梅奴が、福子の後に立つたまま一言も云はないで、何を感じたのか、ジツと見て居ると、其中に福子のお尻を力まかせに爪つた。

「アア痛！　いやだすせ梅奴はん、まるで狂人《きちがひ》や」

「オオ寒む、退散《いのいの》」

と梅奴は福子の手をひいて水にぬれたる露地の深い玄関先に行くと、いつの間にか帰つて来たお銀が立つてゐて。

「アア、梅奴はん今大阪から電話がかかつたし」

「左様だつか」

「あのな」

とお銀は耳元で小声に言うて。

「帰《い》になるか」

「姉さん帰にまつさ」

と浮かぬ顔色の梅奴は福子と手を握つたまま併行《なら》んで梯子段を上る。

「何や」

「赤電報やわ」

「さうか、来たしナ」

「アー」

梅奴はため息をつくと同時に、福子の手を堅く握り締て、ブルブルと震えるのである。

「しつかりしいでエな」

と福子は小声で言つた。

梅奴は四人に別れて只だ一人大阪へ帰らうと七条の停車場に来た。丁度発車の鈴《りん》が鳴響いて、汽車が出発しようとする所へ、危くも乗込んで、二等室の片隅に腰掛けた、息使ひを休めながら眼《まなこ》を閉ぢて、窓側に凭れ、静乎《ぢつ》と考へるのである。

梅奴は今日位お嫁さんの刺戟を受けた事は、恐らくあるまい、大森の話を聞いて、秀代や、雪松や、若吉の好きな旦那と異つて自分丈は似合な夫婦であると、独り快心の笑を漏さずには居られなかつた。花嫁の輿入を見た時は、自分も遠からず彼《ああ》いふ境遇に立つべきものだ、どうしても花嫁となつて貞坊の奥様にならねばならぬ。つまみ塩の富士の山、客商売の帳場格子の中に坐つて、意気な丸髷の粋な粋なあれは恋女房さうなと出入のものの噂が既う耳の傍でささやくやうに聞える。道頓堀のそぞろ歩き、昔なじみのお友達が、梅奴はんやし、と暖簾越にのぞいて行く羨ましさうな話が手に取るやうに思ひうかべられて、それからそれと、空想の広い深い、あまい楽しい夢のやうな心持になつて、我を忘れて、暫らくうとうとしたと思ふと。不図、自分はこれから松糸へ行くのだ、さうだつた、松糸へ行くのであつた、と初めて悟つたやうに考へ出すと、悪寒を感じたやうに満身に瞬間の震へが来た。

「どうしても松糸へ行かねばならぬのやろか」

と独りで思案して見る。

「イヤだイヤだ。アー行くのは厭だ」

何うしたらいいだらうと、梅奴は窓から吹込む寒い風に髪の毛の蓬々と乱れ乱るるに委せて、のぼせ切つた頭脳《あたま》を冷して居た。

「どうしても行くのは厭だ、遇ひたい。貞坊に遇ひ度い」

と、熱する心情《こころもち》につれて心臓が波立つて来る。

「行くのは厭だ。もう何うあつても自分には行けない。お銀さん勘忍して下さい、妾、もう松糸へは行きません」

行かなくていいでせう。もう行かないと決心《きめ》た。どうあつても行きません。と梅奴はもだえもだえて居る中に、汽車が梅田に着いた。

二十

梅田停車場前から車に乗つて、宝家《たからや》の勝手口に着いた梅奴は、腰障子を明けて。

「姉さん」

と言つたまま粧はぬ乱れ髪に、変織《かはりおり》のコート姿の半身を現はすと、台所の長火鉢の傍に、

丁度新聞を読んで居た女将《おかみ》は、

「ア、梅奴はん、貴妓《あんた》どないしたン。顔の色がわるいし」

「さうだつか。どうもおまへんね、けど……」

と挨拶もそこそこ、駆込むやうに電話室に這入つた。

「せわしさうに、どない仕やつたんや」

と笑ひながら電話室の話声に耳をそばだてて居た。

電話室で五分間も話をして出て来た梅奴の顔の色は、青味が消えて、頬の辺は薄紅のやうに色付いて居て、元気づいた笑ひ顔になつた。

「姉さん、貞坊来やはりまんね」

「左様か、貴妓、京都はどないしたン」

「妾だけ、今帰りまして」

「福子はんワ」

「姉さん、福子はんは皆なと未だ居まんね」

「貴妓一人だけ」

柱にもたれて立つて居る梅奴は黙つて頷いた。

「貴妓一人で」

と内儀は不思議さうに見上げながら。

「貴妓、松糸へ行くのやないか」

「姉さん、妾頭が痛うおまんね、そいで帰らして貰ひまして」

「左様か」

と云つたけれど、そんな虚言《うそ》を信ずるやうな内儀《おかみ》では無い、奥歯に物の挟まつたやうな、内儀の言葉が気になつて平生《いつも》のお侠に似ず、梅奴は黙つて立つて居た。

「工合がわるけりや、二階の小間《こま》で一人横になンなはれ」

「さうさして貰ひまつさ」

と、是を機会《しほ》に梅奴は二階に上つた。

二階の両手の四畳半は板床に地袋の茶がかつた梅奴の好きな意気な小間である。焼物の火鉢を片寄せて、仮寝の小布団に横になつて居ると、下座敷に何か高笑ひの虫井の話声が聞える、その中に襖が明いたと思ふと、薄羅紗の外套のまま、男は枕元に坐つた。

「ああ貞坊ン」

梅奴の片頬に湿ひの跡が点いた時は虫井はズイと、布団をめくつた。

「可起可起《おきたおきた》」と貞坊は言つて、それから二人は火鉢に差向ひに坐つた。

「貞坊、どない致《し》まほ」

「貴妓のえいやうに」

「僕のえいやうにしまんがナ」

「貴方のえいやうに致て貰はなくて宜敷、貴妓の心まかせにしたら宜敷いがナ」

「妾の心まかせだつか」

「その通り」

「妾は、もう、決心《きめ》て居まんね。汽車の中で、もうチヤンと決心てゐまんね」

「ぢや、その通りしたら宜敷いがナ」

「しまつせ。そしたら貞坊、あんた、どないしなはる」

「何を」

「妾はもう、松糸へは行きまへんぜ。松糸へ行かんとなると、どないしたら宜敷ゆおま」

「松糸へ行きさへしなければ、それでよいやろ」

「貞坊、貴方は薄情やわ」

と梅奴はうらめしさうに云つて。

「よう思うて見なはれ、貴方とかうして遇ふことかて、店も捌きまつしやろ、定どんかて根性悪う捌きまつせ、それに見なはれ、今夜遅うても三輪さんが来やはるさかい、松糸へ行かぬとすると、妾、何所に居られまんね」

「さうやナ」

と虫井は珍しく真面目に、思案にあまつたやうな顔色をした。

二十一

「梅奴、何ないしたら宜敷」

「貴方に聞いて居まんねがナ」

「さうやナ」

「貞坊、貴方、妾真実《ほんま》に決心して居まつさかい、貴方、妾を欺しなはんなや」

「僕が何時欺した」

「欺しやへんけど、妾貴方の奥さんになれなんだら心配やわ」

「なアんや」

と虫井は手軽に打消して。

「その話かい、それなら、僕より貴妓が頼りない、貴妓は決心をした決心をしたと言ふけれど決心をしたといふのは、定まらぬものを決めたといふので、僕には決心も何も不用《いらぬ》、貴妓を女房にすることが出来れば、それで自分の目的が達するのであるから、その外には利慾《よく》も希望《とく》も何にも無い」

「ほんまだんナ、嬉しいわ」

と梅奴は愛嬌ある鬼歯を現して心の底から嬉しさうに笑つたけれど、又直に心配になる。

「これから何ないしまはう」

「さうやナ、此家《ここ》に居ててはあかんか」

「あかんわ、直知れるわ。さうなると店が引上げに来て松糸へ行かにやならんし」

「矢張り松糸へ行きたいのやナ」

「まだあない言やはるか。松糸へ行きたう無いさかい……」

と梅奴は言つて涙ぐむのである。

「よろしい、梅奴、それではなんでも僕の言ふ事を聞くナ」

「ききま」

「吃度ツ」

「ききま」

「それでは僕の言ふとほりになるやろナ」

「なりま」

「よろしい、それではよろしい」

と虫井は立上つて衣服《きもの》の前を合はせて、帯を結め直し外套を被て再び坐つた。

「どないしまんね」

「僕と一緒に兎に角此処を出よう」

「どこへ行きまんね」

「僕にまかせたら宜いやろ」

梅奴は黙つてジツと首を垂れて居た。

「梅奴、貴妓、僕と一緒に何処へでも行くと決心したやろ、さ、一緒に駈落しまへう」

「駈落?」と梅奴は虫井の膝の上に両手を載せて堅く押へながら。

「駈落つて、逃げるのだつか」

「かくれるのや」

「遠おまつか」

「遠くはない、兎に角一時身を隠して、それから思案したら佳い智慧が出ますやろかい」

「逃げてそれからどないしまへう」

「それから先はよろしいがナ、僕を信用したらどうや」

「信用してまんが」

「それではえいぢやないか、サア行かう」

と梅奴の手を取つて立上がり、外套の嚢裡《かくし》から銭袋《ぜにいれ》を取出して、中を開けて見る。

「梅奴お前金銭《ぜぜ》持つて居るか」

「金銭《ぜぜ》入用《いり》まつか」

と梅奴は不思議さうな顔をする。

「入用《いる》がなア」

「おまへん」

と言ひながら鏡入を開けて。

「これだけしかおまへん」

と幾何かの有合《ありたけ》を渡す。

「まア、よろしい。行かう」

「姉さんにどない言ひまほう」

「北陽軒へ行つて来ると言はう、宜敷か」

梅奴はうなづいた。

二十二

二人は寄添ひながら歩いて、堂島裏町を中町へぬけて、電車道に出た。中町の角から電車に乗つて、更に難波から南海電車に乗つたのは彼是十二時過であつた。車中の乗合に知り人も無かつたので、梅奴は誰はばからず虫井に密接《くつつい》て腰掛けて、薄羅紗の外套の裡《なか》で男に手を握られたまま。

「何処迄だす、浜寺まで切符を買ひなはつたの」

「何処でも宜敷、も直や」

と男は笑つて居た。巻煙草に紙マツチの火を点けて、二口三口吸つて、梅奴に渡すと、やがて二人の顔は薄雲の中におぼろおぼろに隠れるのである。其中に電車が玉出駅に停ると、男は驚いたやうに立上つて、梅奴を引張り出すやうにして降りた。

「貞坊、浜寺までやおまへんか、此所は何処だんね」

「浜寺より此所がよろしい、好い所がある」

「どこだんね此所は」

「玉出だ」

「玉出ツて、何所だんね」

「天下茶屋の直隣や」

「何所へ行きまんね」

「だまつて従いてお出」

と、男は梅奴の手を引いて、先に立つて海岸の方向に歩いて行く。

星の光のみ燦として輝く夜のいたく闌けて、二人の外には大通も無い玉出の新開地を西の方に、両側は五軒長屋の棟つづき、一町余も行くと、立派な二階建ての角屋敷を右に曲つて、杉の生垣の小路《こみち》の突当、門燈に「いとう」と仮名文字で書いてある軒下に立つた、男は門の戸を三つ四つトントンと叩いた。

「お近お近、開けてんか」

「どなた」

「僕や、虫井や、開けてんか」

下駄の音が聞えて横のくぐり戸がカラカラと開いた。

「おそうおまんな、お一人だつか」

「二人や」

男に密接《くつつ》いて後から行く梅奴を、ジロジロと見て居た女は、戸締りをして、それから二人を二階に案内した。

五十近い小肥に満《ふと》つた白髪交の色の浅黒い女は、綿ネルの寝衣に細紐のまま電燈のコードを隣室から引張つて来て四畳半の部屋の釘にかけて居る。

「お近、放といてや、今夜はもう遅いさかい寝るだけでよろしい。いづれ又明朝《あしたのあさ》委しい話をするさかい」

「寒うおまつしやろけれど、お火もおまへんさかい、早やう寝てもらひませうか」

とお近と呼ばれた老婆は、部屋の隅につくねんと立膝をして居た梅奴の足の先から頭の天辺まで見ながら言つて、押入から夜具布団を出して敷いて呉れた。

「貴女はん便所《はばかり》は下におますさかい」

お近は梅奴を誘ひながら。

「貞坊おやすみやす」

と言つて降りて行つた。

梅奴は再び上つて来て。

「貞坊、もう何時やろ」

と言ひながら自分の懐中時計を見て。

「もう三時やし、寒いわ」

「寒い、サ寝よ寝よ、寝る程楽はなかりけり、浮世の馬鹿は起きて働くぢや」

と言ひながら男は外套を脱いだ。

二十三

梅奴の好きな虫井貞三は道頓堀に有名な料理屋丸松の二番息子である。総領の半太郎は小供の時から病気勝、僅に生命《いのち》を持続《つなぐ》だけで到底も活動《はたら》くことは出来ぬから、丸松の大屋台は、遠からず貞三の責任《もの》となるのである。

大阪の色街の道頓堀の中央《まんなか》で育つて来た貞三は、二十二三の頃から茶屋酒を飲初めて、美しい与之助の面影を、南紅北紫の引手許多《あまた》に可愛がられて、二十五六の遊び盛り、巧に女を蕩す道楽者の一群《むれ》の中にも、一際目立つた色男である。相手変れど主は変らぬ、女遊びの隠家として、お茶屋や席貸よりも秘密が保てる其道の髄を極めて、玉出に余生を送るお近といふ老婆の家を平素《いつも》仮寝の宿と定て居ることは、梅奴は少しも知らぬのである。

「貞坊、この家は何だんね、大事おまへんか」

「此家は、お近ツて元僕の家に奉公して居た女中の家やさかい安心して宜敷い」

「さうだつか」

まア当分此処に隠れてゐよう、その中に大阪の様子が判れば、又何とか工夫するとせう」

「貞坊、心配やわ」

「何が」

「なんや知ら、妾、初めてだすせ」

「僕かて初めてや、駈落つて其様《そな》い何度もする奴がおまつかいナ」

「妾、生れて未だ一度もかういふ家に宿《とま》つた事無いし、何んや知ら恐おまんナ」

「大丈夫、僕が居るやおまへんか」

「さうかて。貞坊、寒いわ……恐いわ」

「僕を信用せんからや、梅奴、貴妓は僕に一身をまかしたもんやないか」

「まかしました。妾、貴方の奥さんだすせ」

「さうやろが。見んか、何が恐いもんかいナ」

「そやかて恐いわ」

「阿呆やナ。そない言はんと寒ないやうに、な、寝まへう寝まへう、又明日」

二人は黙つて仕舞つた。

梅奴にはどうしても寝入られない。お茶屋か、宿屋か、平素《いつも》筋の通つた他所行より外に、此《こ》様《う》いふことを致たことが無いから、何程決心をしても、さてとなると自分の家や親や同《きやう》胞《だい》のことが思ひ出されて困る。然しそれも一時《いつとき》の辛抱で、他日《いんま》に自分は丸松の嫁さんになつて、親にも安心させることが出来る、自分の仲好の佐藤のお信さんは、舞のお師匠はんにもならず、芸妓にも現《なら》ず、灘萬へお嫁入をして立派な奥さんになつたのが羨ましかつたけれど、今度は自分が丸松の花嫁となつて、お友達に羨まれるやうになると思へば、心嬉しくなつて貞坊の寝顔を独りつくづくと見詰めて居ると、いつしか恐いと思ふ感念《かんがへ》も消えて、寒かつたのも温くなつて、うとうとと快く寝入つたのである。

梅奴と貞坊がお近の宅に隠れてから最早四日目になつた。それ迄二人は一度も表に出たことがない。あらゆる新聞の艶種として、雲隠れした梅奴の行衛に就いて、奈良で見た人があるとか、東京へ逃げたとか、朝鮮へ行つたといふ様な想像話が記載《のせ》られてあるのを見て、いつも二人は笑つて居た。梅奴の父親《てておや》と姉の小奴が心配して警察署へ保護願を出したといふ記事を見た時は流石に梅奴は非常に心配した、然し男は寧ろ愉快であるやうに喜んだ。

「お父さんも姉さんも屹度心配して居るし、妾ほんまに済まぬやうな気がするわ」

と、梅奴は新聞を膝の上に広げたまま読みながら言つて。

「そんな心弱いことで何うするものかい、僕ん宅《とこ》かて左様やろが」

「さうだつしやろけど」

と梅奴は哀しさうな顔色をして居る。

「ここまで行かなければ何処の宅《うち》かて夫婦にはさして呉れんやろ」

「さうだつか」

「みんなが心配して、それから二人共、それ迄苦労する中ならばつてお許が出るのや、左様やろ、だから、梅奴、僕と夫婦になるといふ堅い決心……そのお前の心の中をみんなに知らさねば駄目や、それでないと何うしてもあかん」

「どないしたら知れまつしやろ」

「それには一番佳いことがある、梅奴、お前、僕の言ふことならば何でも聞くだらうね」

「ききま」

「宜敷、ではお前、自由廃業するのや」

「エー」

と梅奴は愕《ぎよ》ツとして男の顔を見た。

二十四

「自由廃業ツて娼妓さんのする事やおまへんか」

と梅奴は驚きの眼を以て虫井を見詰めた。

「娼妓さんに限らない、何人《だれ》かて左様や、自分で厭だと思へば、其商売を止めるといふ届さへすれば、それでよいのだから芸妓かてもう廃止《やめ》たと云うて、事務所へ届けさへすればば、明日《あした》から素人やないか」

「事務所へ、事務所へなんか嫌やわ」

「なぜに嫌だ、貴妓《あんた》が行かなくて宜敷」

「どないしまんね」

「明日から廃業《よす》といふ届書を書いて郵便で送ればそれでよいのや」

「津川《みせ》の方は何ないなりまんね」

「津川の方は、もう芸妓でないから関係は無いにきまつて居る」

「借金《しき》はどないなりま」

「借金かい」

と男は少し言ひ憎さうに、梅奴の顔を見ぬやうに伏眼になつて。

「借金は別問題だつしやろ」

梅奴は暫く黙つて居たが。

「そえで妾は何ないなりまんね」

と心配さうに尋ね出した。

「さうなればあんたは僕の奥さんやないか」

「奥さんかて……」

と梅奴は夢から醒めたやうに、捉へどこの無いたよりない談話《はなし》に不安の念《おもひ》を感ぜずには居られぬやうになつた。

「貞坊、さうかて見なはれ、妾は貴方に落籍《ひか》して貰ふのだつしやろ」

「それは落籍《ひか》すに決つて居る。けど、サア今落籍《ひか》すんだと云うたかて、僕ん宅《とこ》かて、承知しまへんやろ、そこで、貴妓は自由廃業をして、無理にも芸妓を廃業《よし》て仕舞ふ、それから僕の妻君となると、津川の借金の事が湧いて出る。丸松の花嫁さんが借金やというて放置《ほ》《つ》とけるか能う考へて見《み》《せ》い。其点《そこ》《しき》まで進《ゆか》なくては二人共添遂げることは六ケ敷いと思ふ。其位の事が出来なくて、何ないなるものかい」

「さうだんナ」

と梅奴は男の言ふことが如何にも正当《ほんたう》らしく聞えて来たから。

「宜敷ゆおま、事務所へ届けま。が、貞坊、妾《あて》書いたことおまへんさかい、どないしまやう」

「僕が書いて見せるから其通り書きなさい」

「貴方、よう知つて居まんナ、書いたことがおまつか」

「無茶云はんとき」

「怪しいわ」

梅奴は淋しさうにニツと笑つた。

「それから猶《ま》だあるのや」

「まだおまつか」
「三輪さんへ手紙を出すのや」
「何でだんね」
「そりや、当り前やないか、今日までお世話になつた貴方の好きな旦那やろ」
「違ひますせ、嫌ひだすせ」
「どちらでも宜敷、その三輪さんに、妾は是から虫井さんの所へお嫁に行くからお暇を下さいツて手紙を出すのや」
「お暇を下さいつて言はいでも、もう絶縁《まづ》やわ」
「わかるもんか、松糸では未だ今迄通りにして居るに定まつて居る、だから、貴方から直接《ぢか》に、どうぞお暇を下さいと言うてやるのや」
「やりま」
「手紙の文句に註文がある」
「どない書きまんね」
「どういふ理由《わけ》で僕ん宅《とこ》へ来るのか其理由《わけ》を貴妓《あんた》の思ふ通りに書くのや」
「六ケ敷うおまんナ、妾、そない書けへんわ」

「だつて僕ん所へ来たいと心の中で思つて居ることがおますやろが」

「それはあるわ」

「思つてる通りに書いて見い」

「貞坊、そんな無理言ふのは厭」

「書けないのは矢張三輪さんに未練があるのやろ」

「いやだすせ、其様《そない》に惨めるのは」

「惨めやへんが。それでは僕が言ふ通りに書くかい」

「どないだんね」

「愛想尽しを露骨に書いて欲しい。僕は悋気深いさかい、貴妓が此世に生れて来て、初《はじ》契《め》から唯《たつ》た一人の男やろ、忘れられないと決つて居る、思ひ出されると耐らないから、絶《きれ》縁《る》ときにウンと愛相尽しを言うて欲しい。言へまつか」

と男は梅奴の手に、無理矢理に筆を持たせながら言つた。

二十五

三輪さんへ宛た愛想尽しの手紙は、心が咎めてどうしても書けなかつた。然し、兎も角も男に強られて曲なりにも書終つた時は真に悪事《わるいこと》をしたやうに悶え苦しまざるを得なかつた。さうしてどうしても郵便に投《だ》す勇気が出ない。

「梅奴、久し振だ、郵便《てがみ》出しに表へ出て見ようか」

と男は言つた。

「出まやう」と梅奴は、すすまぬながらも立上つて取乱した着た限《きり》の衣服《きもの》の前を合はせた。

小春日和の麗かな空は青々と晴れ渡つて、柔かな風が顔面《おもて》を撫ると、生れ代つたやうに活々となつて来る。僅に二坪余りの小庭一面には、今を盛りの葉鶏頭の美しく乱れて、赤蜻蛉の低う飛ぶのが物珍しく思はれて、籠から出た小鳥のやうに心嬉しく門口を出ると。

「アツ」

と虫井は叫んで其所《そこ》に立止つた。

「矢張ここやつた」

門の傍に立つて居た鳥打帽を被つた病身らしい男は言つた。

「アー半坊《はんぼん》」

と梅奴も我を忘れて驚いたやうに云つた。

「何処へ行くのや」

「郵便出《てがみ》しに」

「何処へ」

と問ねられて、二人は一寸顔を見合はせて黙つて居ると。

「何所へ出すのや一寸お見せ」

虫井は手に持つて居た手紙を渡さうとすると、梅奴は横から奪ふやうに取つて帯の裡に押込むやうに入れる。

「嫌だすせ、上気するわ」

と言つて笑つて居る。

「梅奴、何処へ出すのや」

「東京だス」

「東京?、東京ツて何んや」

「東京の……」

と男は言ひかけて梅奴の顔を見て。

「言はうか」

ながら。

と言ひながら梅奴は後を向いて、帯の中から出した手紙の表書を、またたくの間、半坊の眼の前に突出して見せたかと思ふと、直に引込まして、縦にズタズタに裂いて両手で丸め

「あほらしい」

「これで宜敷ゆおまつしやろ」

「あんな事する、梅奴、お前矢張、よう出さんのヤナ」

と虫井は少し立腹《おこつ》たやうな顔色をして居る。

「半坊《はんぼん》に見られまんが、羞かしいやおまへんか」

「なんや意茶ついて」

と半坊は言つて。

「兎に角、這入らう」

半坊に強ひられて二人は再び隠家の二階に上つた。

半坊は、いつも、瓢簞の生干のやうに青ざめてしなびた半病人である、細い幽霊のやうな右に曲つた首に、年中白絹のハンケチを巻いて、懐手をして道頓堀界隈を彷徨《うろつい》て居る、丸松の総領息子として少し足らないだけ評判のお人よし、貞坊のお兄様である。

「貞、どえらい探したもんや、えらいこつちやぜ、お母《かん》かて見い、心配して居るやろ、奈良へ逃げたと言うた新聞やよつて、私《わし》、奈良へも行つたがナ」

兄様《にいさん》ぶつて真面目な顔をして言ふと。

「半坊、奈良におりまへんでしたやろ」

と梅奴は戯弄《なぶる》やうに言つた。

「居りやへんがナ、此所に居るやないかいな」

「はア此家に居まんね」

と梅奴は笑つて居る。

「それで、京へも行つたぜ、京では自動車へ乗つてな、成田に付合うて貰うて、お前が見えんよつて、えらい散財や、面白かつたぜ」

「で、半坊、何所へ行きはつた」

「貞云はうか」

「彼家《あすこ》か」

と貞坊は眼で物を言はせると。

「フム、面白かつたぜ」

と木伊乃取が木伊乃になりかかる。

二十六

「所々方々探しあぐんで、木屋町のそら、彼の家へ行くと、成田奴、内儀《おかみ》と怪しいやろ。まア少し休息《やすま》せて貰はうかいツて、とうとう其所にお神輿を据ゑてナ、成田が言ふには、なんでも、彼妓《あのこ》に聞けば判明《わか》るやろと、彼妓を聘《よん》だもんや、で来るトナ、成田がナ、貞坊の隠れ場所を知つて居るやろツて聞くと、妾は意気地ないよつて梅奴はんに取られましてン、何ぼ阿呆かて、梅奴はんの尻《おいど》まで追うて居やへんし、妾これでも祇園町の芸妓はんどすツて、どえらい権幕や。然し貞、お前のことというて泣きよつたぜ」

貞三は心中《こころのうち》の嬉しさを隠すことが出来ない、片頬に浮び出る微笑《ほほゑみ》を欠伸に紛らして見ても、兄の話に我知らず釣込まれて。

「兄様、無茶やナ、可哀さうに」

「貞坊、嬉しゆおまつか」

と負けぎらひの梅奴は言つて。

「半坊安心しなはれ、貞坊は此様《こんな》にたより無いさかい、妾かて、何時《いつ》放られるか不明《わから》へんし」

「又初まつた。貴妓《あんた》の出る幕ぢやないがなア、僕を信用して居れば、それで宜敷いがナ」

「信用が出来まつかいナ」

梅奴は米噛のあたりに些少の痙攣を起しながら時々貞三の顔を見ないやうな振をして見る。貞三は平素《つね》より冴々した顔付になつて呑気らしい微笑が絶えず漏れるのである。

「あんた僕を信用すると言うたぢやないか」

「云ひました。今かて信用して居るわ。けど見なはれ、たよりなうおまつしやろ、なア半坊」

「私《あて》、知らんが」

と半太郎はニヤニヤ笑つて居る。

「貞坊、そないに気をもますのン嫌」

と梅奴は強く言ふと。

「もう宜敷が、何も彼も判つて居る。祇園町のなんか、もう黴が生へてる、彼様《あんな》お婆さん僕嫌や」

「あほらしい、未だ二十三やおまへんか」

「二十三、お婆さんやないか、貴妓は十八、水の垂さうな舞妓上《あがり》」

「知りめへん」

と梅奴は初めてニツと笑つた。

「もう廃めたらどうや」

と半太郎は時に兄さん風を吹して、真面目な態度をする。

「貞、お母《かん》かて心配して居るよつて、一度是非帰つといで、私かて見付けた以上は連れて行かんと、皆に済まんやろ、貞、今日は私と一緒に帰るやろナ」

「梅奴、あんた、どないする」

と貞三は、これを機会《しほ》に一先づ帰つて見たい心がある。梅奴も好きな貞坊と身を隠したものの、何日迄も斯うやつて目的《あて》なしに暮して居るのも心淋しくなつて、里恋しの念が胸一杯になつて居る。

「貞坊が帰《い》ぬのんなら、妾かて一人此家《ここ》に居るのは嫌だつせ」

「あんた一人居いと誰が言ひました」

「さうかて、貞坊は妾はどうなつても好い様に言やはりまつしやろ」

「左様やない、何ないしまへうと言つて相談してゐるのやないか」

「貞坊は口が巧いさかい、妾叶はんワ、ナア半坊」

「どうでも宜いがナ。梅奴、貴妓も小奴はんが心配して居るよつて、兎に角今日は帰《い》になはれ、又宅《うち》の方でも一同《みんな》で相談して、何とか処置《する》よつて、私《わし》の顔をたててナ、今日は機嫌よう各自《みんな》で帰ぬとせう」

と半太郎にしては大出来の物の言振。平素《つね》は痴《たら》ぬ所があつても、精神《こころ》から出た誠意《まごころ》ある、虚飾《かざりけ》のない言葉には、流石に兄弟の中とて、捨てがたい情味がこもつてゐる。とうとう二人は玉出の隠家から帰宅《かへる》ことになつたのである。

「貞坊、又何日《いつ》遇ひまんね」

と梅奴は三人一緒に隠家を出る時、小声でたづねた。

「お前こそ、これから何ないする」

「妾、難儀やわ。矢つ張心配やわ」

と梅奴は立留つて。

「貞坊別れるのンいややわ」

梅奴は悲しさうになつて男の手を握つて。

「又直《ぢき》電話かけまつさ」

貞三は茶色の鳥打帽子を空に投げて、手球《てだま》に取つて歩きながら頷いた。

二十七

梅奴は虫井兄弟に別れて難波から唯だ一人梅田行の電車に乗つて堂島裏町に帰つたのは、まばゆき電燈の輝き初めた黄昏時であつた。送迎の男衆の提灯に見慣れた定紋や、筆太の店の名前の懐しい情に乱れ、行通ふ芸妓舞妓の高く襟をかかげて少し反身の歩きぶり、駒下駄やコツポリの音もゆかしく聞えて、僅に四五日遠のいた身に、染々と染込む様な花街《くるわ》の色彩《いろどり》が、眼の前に展開《ひらける》と、何だか肩身が狭いやうに軒下を伝うて小走りに自分の屋形に帰つたのである。

表の出格子の中の障子から漏れる淡い光に、京都行から今日迄着通したコート姿の自分の服装《ようす》を見た時は何だか褻れたやうに卑下して入口の格子戸を開ける勇気が出ないので一寸佇立で居た。丁度此時刻は曾根崎橋跡を通つて新地の表町、東西に別れゆく唄ひ女の、数限りなく行き通ふ中に顔のさす友達の話声が聞えたので、思ひきつて格子戸を開けて飛込むやうに這入ると、頭の上の神棚に、平素《ふだん》と違つて何か事ある時だけの、赤の長提灯に燈明美しく飾り立ててあるのに、信神心の少ない梅奴も、何だか自分の為に其無事を祈つて居つて呉れたのを直覚的に感じると、只だ有難さに自然頭《おのづとかうべ》が下るやうになつた。

　そツと障子を開けると。

「誰れや」

と父親《てておや》の声がした。

　中の間に夕御飯を終ひかけて居た父親の前に、梅奴は投出すやうに坐つて、黙つてお辞儀をした。

　不器用に結うた束髪の乱れ乱れて、油気の少い逸毛《おくれげ》の中に包まれて居るやうな青白い梅奴の顔をジツと見て居た父親は、長方形に折つた座右《そば》の手拭を取つて、少し禿げかかつた頭の油汗を、なで上げるやうに拭きながら。

「何処へ行つて居つた、親不孝め」

　梅奴はジツと睨んで居る父親の視線を避けて、俯向いたまま黙つて居た。

「今から此様《こんな》ことをするやうでは、将来《このさき》何をするか判らん、親不孝め」

　頭から叱つては見るものの、何とか返事をするだらう、申訳が無いと云つて謝るだらうと、親心に、さうあれかしと、祈つて居る甲斐も無く、梅奴は俯向いたまま黙つて居る。

　梅奴の態度《やうす》にあき足らぬ父親は、プリプリしながら、自分で小奴の出先に電話をかけて。

「ふさ、此方《こつち》へお出」

手付の莨盆を提げて奥の室《ま》に行つた。梅奴は黙つて付いて行く。

「そこへお坐りなさい、ふさ、お前のやうな大胆の女は到底《とても》普通に暮して居ては心配で堪らない、小供《ねんね》ぢやと思つて居ると、大それた男狂ひ、駈落がよく出来たもんぢや、将来《このさき》に何んなことを仕でかすか判らない、お前なぞは娑婆を離れて尼寺へなと行つて、尼さんにでもするより外には、もう見込が無いから、実は先度からお兼と相談して居る所や、直、お兼が帰つて来るから」

と父親の小言《こごと》の中に、尼寺に行つて尼さんになると言ふ事は、梅奴の頭に妙な響を与へた。今かうやつて、自分の宅《うち》に坐つて居るよりか、尼寺へでも預けられた方が宜かも知れぬ、尼さんになるといふのは、一種の好奇心が伴なうて居るのかも知れぬけれど些少《いささか》も厭と思ふ感情が起らなかつた。真実《ほんと》に、尼寺にやられるのであらうか、尼さんにする考で居るのであらうか、と一寸思案して見て。

「妾《あて》尼寺へ行くのだつか」

と梅奴は初めて口を開た。

「尼寺へ行きたいか」

「尼さんになれと言ふなら成りもしまつせ」

と梅奴は平気で言つた。

二十八

禅問答の様に父親《てておや》と暫く無言に相対して居つた梅奴は、尼になると言ふ事が如何にも詩的に思はれて、芝居がかつた光景が直に頭の中に浮ぶのである。京は黒谷か銀閣寺のあたり、杉木立の翁欝たる境内の一隅に、庫裡のやうな庵室があつて、麗かな朝日影が広椽に射込む階段のほとりに立つた墨染の腰衣、帚持つ手に折柄散り来る紅葉を見上げる美しい、うら若い、尼さんがあつて、それが今道心の梅奴たる自分であつて、其所《そこ》へ忍んで尋ねて来たのは可愛い小姓、その男が貞坊であつて、梅奴か、逢ひたかつた。と云ふやうな事があつたとしたならば、何うであらうと、黙つて坐つて居る中にも夢のやうな空想にふけると、尼になると云ふ事が、却つて趣味ある問題のやうに思はれて、父親の威嚇が恐くも何とも無く、寧ろ滑稽のやうに考へられるのである。

父親と梅奴と無言の行の睨合の中に姉の小奴が帰つて来た。

「房《ふう》さん、能う帰りなはつたナ」

と紋付裾模様の小奴は梅奴の傍に坐る。

「姉やん、妾《あて》、尼はんになりまんね」

「さうだつか。誰が尼はんになれと言うた？」

「父さんが、妾のやうなものは将来《このさき》難儀するさかい、難儀せん先に尼はんになれツて」

「あんた、成る気」

「なるワ」

と、あく迄も平気である。

「お兼、房は何故かう強情やろ、丸で親を馬鹿にして居る」

「お父さんかて、尼にするなんて、可哀さうに」

と妹思ひの小奴は、不愍さうに梅奴を労はりながら言つた。

「姉やん、妾、尼はんになるのン大事ないわ」

と少し捨鉢にすねて見る。

「まア房さんかて左様やないか、誰が尼なぞにするもんかいな、それより貴妓《あんた》、何所《どこ》に何様《どう》して居なはつた」

「妾だつか」

と梅奴は、簡単に虫井貞三と玉出に隠れて居つた話をした。

「房《ふう》さん貴妓は真個《ほんま》に呑気だんナ、妾は貴方の為に松糸へお百度参りだすせ、お銀さんは頑銀《ぐわんぎん》と言はれる位、頑固だつしやろ、三輪さんは貴妓が京都から帰阪《かへつ》た晩、金森へも寄らずに停車場から直ぐ松糸へ来て貴妓の帰《く》るのん待つてゐると何時までたつても来やへんやろ。京都へ電話をかけると、遠の昔に帰《い》んだと言ふし、貴妓の姿は無し、定どんかてキリキリ舞して居まつしやろ。その中にお銀さんも京都から帰つて来る、心当りを探すけど皆目判明《わから》へん、やつとのこと宝家から北陽軒に行つたと言ふことが判つて行つて見ると、来た事は無いと雲摑むやうな話。それから二三日といふものは、真個《ほんま》に何ぼ心配したもんか、仕舞には警察まで保護願を出したし」

と話しかけて来て、心付いて。

「お父さん、保護願取消さにやなりまへんやろナ」

「左様や、定どん呼ぼか」

と父親は小奴の顔色を読みながら電話室へ立つた。梅奴は慈愛の籠る小奴の話にすまぬ事を為たと後悔しながら黙つて聞いて居た。

「房さん、兎も角、貴方松糸へ行てお銀さんに逢て謝罪《あやまつ》て来とくれ。妾《あて》かてかうやつて商売して居る以上は、松糸へもする丈のことはせんと済んし。貴妓《あんた》かて左様や、是から先どないするにしても謝る丈のことは謝まらんと損だつせ。三輪さんは貴妓の姿が見えんので其翌日《あくるひ》、直ぐ東京へ行てお留守やさかい、松糸へ行てお母さんでもよろしい、逢うてようお詫しといで、宜敷いか」

と流石に世事なれた小奴は、梅奴の気にさからはぬやうに労りながら話すのである。

二十九

梅奴は小奴に言はれて、屋形へ帰つた其晩遅く松糸へ行くことに決心した。お浴に入つて、久し振に淡泊《あつさり》と薄化粧して、畳目のあるお召の綿入に着代へて小ざつぱりとした平生《ふだん》着のまま表町に出ると、家路を急ぐ車輪《わだち》に音もなく、車夫の走る足音のみ冴て、此所彼所と軒つづきに送り出す浮れ女を避けて、松糸の門口に行くと、丁度玄関先に出て居たお銀と顔を見合はした。

「アツ！　梅奴はん、貴妓、何ないしてなはつた」

「姉さん」

「マママア」

「姉さん、謝罪《あやまり》に来ましテん」

と梅奴は言ひながら勝手口の方に廻つた。お銀は梅奴を、話声も聞えず顔もささない表二階に連れて行つた。梅奴は小奴に教はつたやうに自分の心得違をおとなしく詫びた。お銀は兎に角一度東京へ連れて行くから直接に三輪さんに遇つて謝るがよいと注意して呉れた。自分から、能く謝つてやると、親切に言うて呉れた。然し梅奴は謝ることは何所迄も謝るけれど、自分一人で東京へ行き度い、そして三輪さんに心ゆく迄必ず謝つて来るから東京へ遣つて呉れとお銀に頼んだ。

梅奴は自分の願が叶つて其翌日の夜汽車で、一人東京に出発《たつ》た。翌る朝の九時頃東京に着くと、直に車で新橋の待合朝倉に行つた。格子戸をがらりと開けると、

「オヤ、お出なさいまし、お久潤《ひさしぶり》ね」

と此家の内儀がいそいそ敷出迎へて呉れた。

「三輪さんも今朝早くからお待兼なのよ」

「さうだつか、内儀さん」

と派手な大島の二枚重、黒地に白の七五三と横縞の縫ある半襟をして、小豆色縮緬の五つ紋の羽織着たる美しい梅奴は、薄暗い梯子段を上つて表座敷に這入ると、八畳の間の床の

正面に、鼠地縞もの三つ揃の洋服着たる小肥りの男は、胡坐《あぐら》したるまま、桐の丸火鉢を前に置いて新聞紙を読んで居た。

「早かつたね」

と三輪は梅奴を見上げ、金縁の近眼鏡を除して拭きながら言つた。梅奴は黙つてお辞儀をして火鉢の傍に坐つた。

「寒いわ」

「寒かつたかい」

と二人顔を見合はして。

「梅奴よく来たね」

と三輪は無理にも努めて笑ふやうに言つた。

「お銀さんが行て来いつて言やはりまして」

「お銀が行つて来いつたから来たのかい」

「そやおまへんけど」

「さうでせう。何をいうて来いつてお銀が言うたのかい」

「お銀さん姉さんよりか、妾おたのみがあつて来まして」

「お前が用があるつて」

「用やおまへんね」

と梅奴は、三輪さんに遇うたら彼《ああ》も言はう斯うも言はうと思案《おもつ》て来たことが、どうしても口に出ないのである。

其中に三輪は会社の用事があるといふので、帰つて行つた。今夜十時過に来ると云ふ約束を心待に、梅奴は唯一人つくねんと待つて居た。

三十

梅奴がお銀の同行を拒んで一人東京へ行つたのは単に謝罪《あやまる》といふ許ではない、謝罪つた上にお暇を貰つて晴れて虫井の女房にならうと考へたからである。

三輪が平素口癖の様に云つて居つた事を梅奴は、能く記憶して居る。それは自分には女房もあれば小供もある、いくら可愛いからと云つて決してお前を妾にはしない。お前に若し相当の縁があつてお嫁にでも行くと云ふ希望《のぞみ》がある時は、屹度世話をして添ひ遂げさせてやる、其時は隠さずに露骨に頼むがよろしい、生半《なまなか》隠し立をして自分の顔に泥を塗るやうな事をして呉れては困る。場合によつては自分が親元になつても快く世話をして遣る、と親切に云はれて居るから、自分と貞坊との情交《なか》を話せば、快よく承諾をして呉れて立派にお暇を貰へるものと信じたからである。

十時過に三輪は大分お酒に酔つて大阪もののお安と云ふ愛嬌ある女中に送られて花月から帰つて来た。

「お安、お這入りよ、梅奴が来て居るから」

「さうですか、少しも知らなかつたのよ、何日《いつ》から入らしつて」

と云ひながら三輪に続《つい》て上つて来た。お安も一度は鶯鳴かせた梶川の舞妓であつて、男で苦労した末は、ツイこの春まで、松糸の仲居をして居つたけれど、無分別の恋の不義理から大阪に居られぬ事情になつて、今は花月で仲居奉公をして居る。三輪とは昔からの深い知己《おなじみ》である。

「アツお安さん姉さん」

と梅奴は懐しさうな笑顔を以て迎へた。

「三輪さんツて、なんテお人が悪いでせう。少しも仰やらないんですもの」

「だつて今朝来たばかりだよ」

「虚言《うそ》でせう」

「真個《ほんま》だすせ」

「さう」と言つて梅奴の顔を見ながら。

「虚言《うそ》でせう、お二人でだますんでせう、お人がわるいわ」

とお安の東京言葉に対して。

「姉さん江戸子上手《うま》いし」

と梅奴は冷かすやうな口振。

「いやだつせ、梅奴はん」

と此度は大阪言葉で云ふと。

「お安の江戸ツ子も怪しいものだ、その方がよいかも知れんテ」

と三輪は言ひながら、洋服の上着を脱ぎはじめる、フランネルに御召のかい巻の重ねたのと着替へると、お安は明日の朝又来ることを約束して帰つた。

其夜の物語りである。梅奴は言ひ憎さうであつたけれど、とうとう云うて仕舞つて。

「妾、どうしてもお嫁に行きたうおまんね、貴方のお許もろて、晴れて行きたうおますさかい、お銀さん姉さんに安定《あんじやう》云うて欲しいわ」

「嫁に行くつてそれはお目出度い話だ、お銀にも能く云うてやる、然し、僕はお前に能く云うて聞かせて置いた筈だ。僕の顔に泥を塗るやうな事をしては困るつて、まさか、さういふ事は致《し》まいネ」

「そんな事はせえへんわ」

「しないツテ。虚言《うそ》を言ひなさるナ、お前さんは既に僕の顔に泥を塗つてゐるでせう」

「塗つてへんわ」

と云つたけれど、既に泥を塗つて居るのかしらと思ひ迷うても見る。

「塗つてるでせう、京都から何故直接《すぐ》に松糸へ来なかつた、松糸へ来て、コレコレかういふ理由《わけ》になつて居るから、斯うして下さいと、判然《はつきり》云へば、僕だつて野暮は云はない、お前の利益《ため》になるやうにするに定《きま》つて居る、其位の信用は僕に在るものと自惚《うぬぼ》れて居つた。それに松糸へ姿も見せずに、僕をだしぬいたのは、僕の顔に泥を塗つたも同じことだ」

「わるうおました。けど、妾、泥塗るつもりでしたのやおまへんさかい」

「無意識にしたのに違ひあるまい、だが僕の身になつて御覧なさい、つくねんと松糸で待ぼけに遇ふなどは、余まり容量《きりやう》の好い話ではなかつたよ」

「かんにん。わるうおました」

と梅奴は心底から悪かつたと思ふやうになつた。然し、それが為に、貞坊と別れて三輪さ

ん の世話にならうとは思はない。

「妾、明朝《あしたのあさ》、帰《い》にまつさかい、お銀さん姉さんに安定《あんじやう》云うてほしいわ」

「よろしい、言うてあげる、何と云つてあげようか、註文があるの」

と三輪は親切に云ふものの、寧《いつ》そ、梅奴が、悪かつた許して下さいと謝ればよいがと、未練が残るのである。

三十一

四年越馴染めて来た可愛い女を手放すのであるから心残りのあるのが道理《もつとも》だ、仮令《よし》顔に泥を塗られたとしても、小供心のいたいけな痴情の物狂ひと思へば、可愛さに変りは無い梅奴の嬌態が、いぢらしい程恋しくなつて、掌中《てのうち》の珠を奪るるやうに思はれてならぬ、その初め、おぼろ月夜の宵の春、心おくれて羞恥《はづかし》がつた仇気ない友禅の振袖を、膝の上に折重ねた初々しさのそれも昔の夢となつて、スツキリとした芸妓の立姿、黒紋付に濃艶を尽した襟替のお祝が、ありありと思ひ浮ばれて来ると、今日迄丹精して育てて来た楽しみが惨たらしく、消えてなくなるやうに如何にも苦痛で、そして惜しくて耐らないやうに思はれる。三輪は快く承知する方が男らしい事を知つて居る、又今日迄の自分の謂ひ条に対しても、笑つて別れたいのが山々であるけれど、つい愚痴が出るのである。

「別れるとなれば、僕は何にもお前に未練はない、お前の望み通りお銀に言うてやる、併し」

と言ひ憎さうに、一寸躊躇《ためら》つて。

「初音の鼓な、あれだけは返却《かへし》て呉れ」

「鼓だつか、宜敷ゆおま」

と梅奴は平気で言つたけれども、実は梅奴の持つて居るものの中で、一番愛惜の念に堪へぬものは此「初音の鼓」である、ダイヤモンドの指輪も、お友達が羨んで居る真珠の葡萄の時計下《さげ》も、あらゆる貴金属の所持品《もちもの》などに少しも未練は無いが、其初音の鼓は南北の花街を透して、評判の名物もの、鼓の名手として望月から許されて居る梅奴の宝である、惜しくて惜しくて耐らぬけれど、かうなるとただもう弊履を捨てるとひとしいのである。

「あの鼓は井上侯爵の拝領ものでせう、僕とお前さんと関係があるとすれば、入用時《いる》には何時でも借ることが出来るが、他人となればさうは出来ぬ、若し侯爵からお訊ねがあつた時に、有りませぬといふ訳にはゆかぬ、お前と関係があるならば、一寸貸して置きましたと言へるけれど、かうなつては、どうする事も出来ないから返して貰ふより致方がない」

「さうだす、帰《いん》んだら直にお銀さんにお届けしま」

と梅奴は堅く約束をして其翌日朝《あくるあさ》、一人で大阪へ帰つた。

梅田へ着くと一寸屋形へ寄つて尉と姥との蒔絵の函に入れてある初音の鼓を男衆の定どんに渡して、松糸のお銀に届けることにした。いづれ明日《あした》お尋ねすると口添をして、梅奴はうれしいうれしい空想《おもひ》を抱いて、恋しい貞三に遇ふべく、宝家に急ぐのである。

三十二

梅奴と駈落をしたと云ふ一大事実は、色街に於ける貞三の名誉である。恰も月桂冠を得たやうに遊蕩児《あそびにん》の仲間に金箔付の色男と羨まれるやうになると、一日も安静《じつと》しては居られない。思ひがけ無い所で、あの方が梅奴はんと駈落した貞坊だすせと、噂をさるる様になると、粋が身を喰ふ初めとなつて、梅奴と別れると、兄さんの話にあつた貞坊の為に泣いたと云ふ、京都の昔馴染の女の許へ直に飛出したのである。

梅奴は宝家に行つて、貞坊の行衛を探したけれど判らない。漸との事で京都行が判つた時は既に真夜半《まよなか》頃であつた。お気に入りの四畳半の小室《こま》に、独り淋しく泊つて、旅行《たび》の疲労と数日の寝不足に、ぐつすりと寝て朝の九時過迄、まだ茫乎《ぼんやり》とうつらうつら夢のやうに横になつているると下座敷の方に快活な高笑ひの貞三の話声が聞えたと思ふと、

「オイ、起きた起きた」と貞坊は枕元に立つて居た。

「ア、貞坊」

と梅奴は見上げながら。

「貴方昨夜《ゆうべ》何処へ行なはつた」

「成田に誘はれて京都へ行つた。成田奴内儀と怪しいよつて、ゐら見せつけられ」

「貴方かて、好きなお婆さんに遇ひなはつたろ」

「お婆さん、可哀さうに、まだ二十三だすせ」

「先度、貴方がお婆さんと云ひなはつたやおまへんか」

「さうか、よう覚えて居る、驚いた」

「あほらしい、忘れまつかいナ」

「あんナお婆さん、もうあかんわ、矢張十八の、此方の女房ぢやテ」

と云つて貞三は坐りながら。

「オオ寒、寝て居る人は温いやろな」

「温《ぬく》うおまつせ」

少婢《おちよぼ》は焼物の筒火鉢を持つて来た。貞三は敷島に火を点けて、初めに一口深く吸つてそれから梅奴に渡してやる。寝起きの莨を甘さうに味はつて、鼻の穴から薄雲のやうに長くゆるやかに吹き出した梅奴は。

「貞坊、思はく通り行きまして、妾、嬉しいわ」

とニコニコして居る。

「うまく行つたつて、何が」

「何がつて、見なはれ、三輪さんにチヤンとお暇を貰ひまして」

「お前、東京へ行つたのかい」

「行きましてン」

「三輪さんに遇ひにかい」

「遇ひにではおまへん、お暇を貰ひにだすせ。貞坊、妾あれから苦労しましてン、お父さんは妾を尼はんにするツて言やはるしナ」

「尼はんにするツて、貴奴どない言うた」

「尼はんになりますツて言ひましてン」

「無茶や、僕、尼はん奥さんにするのは嫌だすせ」

と貞三は嬉しさうに笑つて居る。

「尼はんになりまつかいナ。これでも奥さんだすせ」

「たよりないナ」

「貴方が、たよりなうおまんが。人が嫌な嫌な思ひをして、一寸東京へ行つて居る留守に、直、京の女子《おなご》はんとこへ行きまつしやろ。真個《ほんま》にたよりないわ貞坊」

「お前かて左様でせう、三輪さんに遇うたやろ」

「妾のは仕様がおまへんがナ。貴方のは浮気だつしゃろ」

「お前かて泊つて来たに違ひない」

「さうかテ、東京へ行つて、そない帰れまつか」

「矢張、泊つたやろが」

「致方が無いわ」

「何が致方が無いもんか、房さん、貴妓はもう僕の奥さんやないか」

「さうかテ」と梅奴は言ひ淀んで居る。

「僕の奥さんだと堅く約束をして、さうして、其男はんにお暇を貰ふ為に遇ひに行く人が、泊るといふことが有りますか」

「だつて松糸からも、まだ絶縁《まづ》やと言やはりまへんし、三輪さんは又初契《はじめ》からでつしやろ」

「松糸が絶縁《まづ》やと言はんかて、貴妓はもう僕の奥さんやと決心《きめ》て居る以上は、畢竟操を破つたも同じ事だ」

「妾、貞操《みさを》なんか破りやへんわ」

「だつてお前、泊つたと白状して居るではないか」

「泊つたかて、三輪さんは昔日《むかし》からやおまへんか、貞操なんか破りやへんわ」

「お前は昔契《あ》つた人には大事ない、殊に絶縁《まづ》にならぬ間は普通《あたりまへ》やと思つて居るけれど、女の貞操と云ふものは差《ちが》ふやろ」

「貞坊、もう那様《そない》な話、勘忍や、妾がわるうおました」

と負けず嫌ひの梅奴が、我が折るるのも恋の弱味である。

三十三

「是は笑事で無い、将来《のち》にかて左様だ、一度逢うた人に又肌身を許しても操は破つたのではないと、お前さんは思ふに違ひない」

「那様《そんな》ことは無いわ、妾《あて》かて女の操位知つて居るわ」

「それならば何故、泊つて来た」

「だつて致方が無いわ、三輪さんはまだ絶縁《まづ》やおまへんがナ」

「では此儘に三輪さんが絶縁にせんと置くと言うたら、貴妓は何日まで経ても其気で居るやろ」

「何がだんね」

「房さん、お前は実にたより無い」

「貴方がたより無いわ」

「婦人の貞操といふ事を知らない人は、奥さんになる資格は無い、実に危険だから」

「何が危険でおます」

「さうぢや無いか」

「貞坊、そないに無理云うて惨めるのん嫌だすせ。妾が此様《こない》に苦労をして居るのを少しも察しとくれへん」

と梅奴は瞼《まぶた》に露を含ませて涙声になつた。貞三は凝乎《ぢつ》と見て居たが。

「梅奴、これからお前どうする積や」

「妾《あて》？　妾の身体は貴方に委せたんやさかい、どないなと」

「さうか」

と思案しながら。

「お前、松糸が絶縁になつたら、それから何うする」

「妾、貴方の奥さんになりますのやろ」

「奥さんになるつたつて、成就《なる》まで何うする」

「たより無いわ。貞坊」

と梅奴はつくづく貞三の顔を見て。

「そんナ、たより無いこと能う言へまんなア」

「だつて、お前の決心を聞かなければ困る」

「嫌だすせ、今頃其様《そない》な話、妾貴方《あんた》の奥様に成られんなら、人目が悪いわ、お銀さんにかて、合はす顔がないやおまへんか」

と如何にも傷情《なさけなさ》さうに凋れて。

「貞坊、貴方、何ないなとしとくなはれ、約束やおまへんか」

「僕、女房にするのは勿論だ。けど、する迄が難儀やろ」

「何が難儀だんね、貞坊、たよりないわ」

と梅奴は悲しくなつて来て、黙つて俯向いて仕舞つた。

貞三は勝誇つたやうに、愉快さうに、梅奴の手を振つて機嫌を取るやうにして。

「僕は決して違約は致ない、僕かて苦労して居る、房さんは僕の奥さんになるに決つて居るけれど、今直に、サアこれからと言はれた所が僕かて困る」

「そないに言やはりましても、妾、既う東京へ行てお暇を貰うて来まして、既う用は無いわ」

「用つて」

「松糸へも、お銀さんに遇うて今日はお謝絶《ことわり》するつもりだした」

「つもりだしたと、言ふからには今度は謝絶らないことに心変りしたのかい」

「何をだんね。知らんわ」

と梅奴は俄に小さい胸に何か迫るやうに覚えるまで懊悩して、心苦しくなつた。可愛い、若い男心の、そはそはとして浮草のやうな態度を、うらめしさうに見て。

「貞坊、妾、貴方の奥さんだつせ。欺すのんいやだすせ」

女の赤心《まごころ》の露はに、美しく艶めける寝姿を見ると、遥かに大空の雲の中に凱歌《かちどき》の声が響くやうに、浮いたる男心をそそるのである。

三十四

貞三は浮いたる恋の他愛なく女に戯れるのが面白くて耐らない。梅奴に対する恋も青春の血に燃ゆる、前後《あとさき》の見さかへも無く夢中に憧憬《あこがれ》ることもあれば、嵐の跡のやうに何処を風が吹いたかと忘れたやうに空々敷なることもある。梅奴を念ふ情《こころ》も、駈落の一幕が既に恋の高潮であつて、一日遠のけば其愛情もうすれ行くのである。然し自分の女房に為ると云ふ約束を破らうとまでは思つて居ない。貞三の心もと無いに反して梅奴は、此瀬戸際で捨てられるといふ事は、音羽会の頭目たる彼女の体面に関する話で、其場合にはどの顔を下げて北陽《きた》に居られやう、松糸に対しても、三輪さんに対しても、お友達に対しても生きて居られぬ程恥辱を受けたものと思案《おもひ》に悩むいぢらしい女心から梅奴の恋は益々深くつのるのである、父親《てておや》と姉の小奴の考は勿論差《ちが》つて居る、生若い心の定まらぬ無分別勝の貞三に行末見込の無い以上は、一日も早く別れて、新に局面を開展することが一番本人の利益だと信じて、貞三のお座敷には遣らぬやうに警戒して居る。それが為に今迄逢引をして居つた仲好の福子の屋形たる宝家へも行くことが出来なくなつた。

梅奴は屋形の二階に籠の鳥同様に肩身狭く暮して居た。縄縛《いましめ》に均しい不自由な身の上になると、貞三も熱するやうになつた、其愛情と興味とに藉《から》れて、忍ぶ恋路の危うき逢瀬が、又一入楽しいのである。

梅奴は自分が日頃から可愛がつて貰つて居る伝法屋に遊びに行つて、仲居のお光に頼んだ。頼まれると後へは引かぬお光の義侠にすがつて、貞三を立派な若旦那と偽つて、津川《みせ》も公然《けんたい》の情客《おきやく》、清水さんと云ふ仮の名前の影に隠れて、暫く逢瀬を楽しんで居た。さうなると古い文句を其儘のいきさつが起つて、親がかりの身の自由ならぬ、花街《くるわ》の金には必迫が道理の不義理を重ねるやうになると、貞三の姿が見えぬやうになつた。身を切らるる程酷い梅奴の物思ひは、小さい心を乱して煩悶するやうになつた、伝法屋に清水さんといふ情客《おきやく》が出来たといふ事は第一に父親《てておや》と小奴と津川《みせ》に安心を与へ、又音羽会の四人の顔面《おもて》に喜びの色を現はさしめた。それも束の間の夢と消えて、心もと無き男心のうらめしく憂鬱の重なり重なつて、風邪のやうな心持に、淋しく、なさけ無く勝れぬ日を送るやうになつた。

其歳も暮れて十九の春は弥生の花の咲き初める頃であつた。梅奴を慰める朋輩衆の真心から福子、若吉、秀代、雪松と水入らずの五人連で、音羽会の角力見物、東西合併晴天七日間の初日に、新世界の櫓太鼓の勇しい響に誘はれて、一日の憂を晴すことになつた、気の進まなかつた梅奴も、余程面白かつたと見えて、此日初めて快活に笑ふやうになつた。勇しく、男らしい、偉大なる、荘厳なる、男性美を発揮して、赤裸々たる筋肉の緊張したる瞬間の争闘に対して可愛い腕《かいな》に力瘤を入れて見るやうになると、艶ある黒髪の房々としたる大束《おほたぶさ》、美しい土州山が見事に敵を倒して満場破れるやうな喝采の中に。

「アア嬉しかつた」

と隣桟敷に居た南の年増芸妓が思はず高声を出して、涙を浮べて立上がるのを見た時、梅奴は、此狂人《きちがひ》染みた体裁《ていたらく》も別に不思議とは思はぬやうになつた。

三十五

伝法家に不義理をして姿を見せなくなつた貞三の後影を慕ひ暮して陰気になつた梅奴は、音羽会の五人連、晴天七日の角力見物によつて生れ変つたやうに、亦元の快活なお侠に立帰つて、コツプ酒を呑むやうになつた。

千秋楽の帰り途に音羽会の五人連は、大阪病院の博士方につれられて河内屋にお伴をすることになつた。博士方の贔屓角力たる美男の土州山も賑はしき一座の中に在つて、酒に乱れる陽気な大騒ぎの時であつた。

「梅奴はん、関取が貴方好きやと云うてるし」

と一人の仲居が土州山にコップ酒のお酌をしながら言ふと。

「姉さん妾も好きだんね」

と梅奴は思ひきつて云つた。

「とうとう云やはつたし、先生、梅奴はんは先度から関取に岡惚して居まんね、何が佳いかと聞いたら、髪の毛が一ち好きやつて」

「関取貴公の髪の毛に惚れてるさうだ」

「サア、髪の毛を切らして下さる御親切が有りませうか」

と云つたやうな冗談の中に、酔ひ崩れた酒の席は、男も女も、やつちよろまかせの総踊りとなつて、やがて此所彼所に屍《かばね》のやうな落伍者も出来て、二階の大広間は、大風のあとのやうに静かになつた其夜のことであつた。

何所で何うしたか判らぬ迄にしたたかお酒に酔うた梅奴が、不図眼を覚した時は、朦朧として夢のやうな光景の裡に倒れて居たのである。

見覚えある富士の山の額面を仰ぎ見て、初めて河内屋の三階の東の間であることを知つた梅奴は、ところどころ花片《はなびら》に縫ある赤地に桜吹雪の友禅の長襦袢のままの取乱した自分の寝姿に恥て、四辺《あたり》を見廻した時に。

「梅奴さん、お眼がさめましたか」

と土州山の声がした。

「アッ！　関取」

「大分お酔でしたな」

梅奴は何とも返事をしなかつた。

暫くしてから土州山は徐ろに言つた。

「私も人気商売ですから、梅奴さんを好きだと言つた男の意地としても、私は貴妓より強いと信じて居ります、さうでせう、先生方を初め、仲居さん方まで、此所迄私を玩弄物《おもちゃ》にするお考で、かうしたものとは思はれません、私も関取と呼ばれて居る土州山です。其男一匹が、巧く貴妓に欺されたのです」

「妾欺した覚なんかないわ」

「貴妓が欺さなくとも、私は、欺されたと同じ境遇に居るでせう」

「だつて致方がないわ」

「致方が無いと言ふのは、私の方から言ふべき詞で、此場合に、私の執るべき手段は、男の顔を立てて貰はねばならぬといふ事です。此人気商売を何うしてくれますか、私も芸人でせう」

初めの中は芸妓も芸人か知らんといふ様な空な事を考へて居た梅奴も、退引ならぬ土州山の話につりこまれて終には真剣に熟慮《かんがへ》ねばならぬやうになつた。この静かな暖い春の夜を、たつた二人限で語り明した末は、いつまでもいつまでも意志の弱い梅奴の心を苦しましむるに過ぎぬのである。

貞三が姿を見せぬやうになつてから死んでも奥さんに成らうと思ひ詰めて居た梅奴も、男心のたよりない浮いた調子に、自然《おのづと》すすまぬやうになつたけれど、然し、今日迄の事を水に流して思ひ切ろと綺麗に決心することは出来なかつた、其中に思ひ掛けない土州山との浮名が立つたけれど、これとても、酒の上のせうことない一時の過失《あやまり》と、深く後悔をしてゐた。さうして、未だ一度も貞三の奥様になるといふ希望を捨てたことは無いのである。

三十六

暁天《あかつき》を覚えぬ春の朝《あした》、小雨のそぼ降る日であつた、梅奴は昨夕《ゆふべ》の酔の何処にか未だ残つて居るやうで進まぬ気の枕を離れかねて居た時、福子から電話がかかつて来た。それは袷の揃ひの紋付の相談があるから秀代の屋形へ音羽会の五人連で落合ふといふことであつた。

梅奴は其相談の帰り途、久しぶりに福子に誘はれて宝家に行つた。

「梅奴はん、貴方に見せるもんが有るし」

「左様」

「なんやと思ふ」

「わからんわ」

「左様やろ、えいもんやし」

と福子は話しながら二階の小間に誘つて、襖を明ると、黙つて梅奴の脊中を押すやうに入れて、あとからピタリと締切つた。はツとした時、床柱にもたれて敷島を燻らして居た男と顔を見合はせた。

「ああ、貞坊」と言つて梅奴は暫く立つて居た。

「まだ忘れはしないでせう」

突然《だしぬけ》に。

「忘れまつかいナ」

と梅奴は、飛付くやうに貞三にもたれるやうに倒れるやうに坐つて、怨めしさうに見上げた眼《まなこ》の底には、もう涙が一杯にたまつて居た。

貞三は梅奴の手をじツと、握つて。

「もう僕なんか、忘れたでせう」

「なんでだんね」

「いや、忘れたらうと思ふ、忘れられても致方が無い、能力《かいしやう》なしやさかい」

「なにがだんね」

と言ふ中にも、胸は波立つやうに動悸が激しく打つて、流石に後暗い心苦しさは隠すことが出来ぬのである。

「もう君は僕の奥さんにならうと思ふ心は無いだらうな、僕が頼んでも厭と言ふやらうな」

と貞三は皮肉に下手から出て、飽まで愛に満ちたやうな温順《おとなし》やかに膝と膝と重ねるばかりに密接《くつつけ》て。

「房《ふう》さん、どうや、なぜ返事をして呉れんのや」

「さうかて、妾《あて》、悲しゆおます」

と梅奴は俯向いたまま泉のやうに涙の絶間なく浮んで出るのを拭きながら言つた。

「然し、房さんは僕と夫婦約束をした事は覚えて居るやろな」

「覚えてま」

「いまだに其気やろな」

「妾だつか」

「貴妓より誰も居やせんが、房さんは実にたよりない、よし、もう判明《わかつ》た。貴妓が其気ならいくら僕が苦労したかて駄目や、あほらしい、矢張り欺されて居たのやつた」

「いやだすせ、貞坊」

と梅奴は涙を拭取つて。

「貴方まア何ないして居なはつた、よう其様《そない》に強面《つれ》なう出来まんなア、妾が何様に苦労してまつか知つてなはるか」

「知つてる、何も彼も知つてる、お前が浮気をして居ることも知つてる」

「あほらしい」

「隠しても駄目だ、土州山のことも知つて居る」

「あほらしい、虚言《うそ》だつせ、新聞のことは皆虚言やわ」

「虚言でも宜敷、僕は信じて居る。然し夫婦約束までしたお前に限つて、まさか浮気をしやうとは思はなかつた。それは僕にも悪い事がある。来なかつたのは僕も悪い、然し僕には来られない理由《わけ》がある。つまり、それもこれも、一日も早くお前と夫婦になり度い為に、僕はいろいろの方面で工夫をして居た、それに僕が暫く来ないからと言つて、よし仮に僕が浮気をして居たとしても、僕は房さんをば飽までも女房だと思つて居るから、其点は僕の心中を買つて貰はねば困る、それに、何や、角力狂をして僕の顔に泥を塗つて、つまり僕が欺されたのや」

と悵然として凋れたやうに言ひ終つて。

「それでも房さん、お前はまだ虚言《うそ》やと言ふやろな」

「虚言やわ、妾、お座敷へは行きましたぜ、けど、そんなこと有りやへんわ」

「きつと無いか」

「おまへん」

と梅奴は明確《はつきり》と言ひきつた。

三十七

「宜敷、それなら宜敷、僕はいくら房さんが虚偽《うそ》やと言つても堅く信じて居るから駄目だ、それは僕にも無理がある、又今日迄随分房さんにも苦労をかけて居る、だからよし一寸した過失《あやまち》があるとしても、これこれだからと言つて謝罪つて呉れる事と思つて居た、つまり僕がいくら思つて居ても、夫は皆な自分の自惚《うぬぼれ》であつて、房さんは遠に僕の奥さんになるといふ事は思ひ切つて居るに違ひない」

「さうやおまへん、妾かて苦労して居るわ」

「それでは今でも僕の奥様になる決心があるのかい」

「さうやさかい苦労して居まんね」

「そんなら何故隠すのや」

「隠せへんわ」

「それ。まだ隠して居るやないか、実に房さんは水臭い、誰かて知つてるぢやないか、それも房さんが愛き好んでした事でなく全くお酒の上の不意な出来事といふ事かて聞いて居る、それになんや空々しい隠し立をして、その気なら改めて僕の方からお断りや、僕かて是でも男や、さう踏付けられてまで、尚其上に奥様になつて下さいつて、いくら未練があるからつて意地づくでも言へんやないか、既うよろしい此度は僕が決心をした、貴妓もこの位男の顔に泥を塗つて、それで別れるなら満足やろ、能く欺して下すつた、一生忘れないお礼申します」

と貞三は梅奴の前にちやんと両手をついてお辞儀をする。

「いやだつせ其様《そない》にするのん」

「これでもお気に召しませんか。それなら何ないしたら宜敷おます」

「貞坊、妾《あて》わるうおました」

と今度は梅奴がお辞儀をした。

「お前は謝罪《あやま》ることは何にも無い」

「おます」

「おまへん」

「おます。どうぞ堪忍して、妾が悪うおました」

「何がわるうおました」

「何かて、わるうおました」

「わるうおました理由《わけ》を言うて御覧」

「もう堪忍、判つておまつしやろがナ」

「それ御覧、矢張、浮気したでせう」

「もう堪忍」

「よろしい」

「ゆるしてくりやはりまつか」

「許すも許さんも無い、貴妓の身体《からだ》は貴妓の自由やないか」

「左様かて見なはれ」

「さうやないか」

「貞坊、貴方、白状したら許してやると言ひなはつたやおまへんか」

「へい間男をしましたと白状しられてそれでも宅の女房やと男が言へまつか」

「間男?……」

とつぶやくと共に梅奴は電気にでも打たれたやうに全身に慄《ふるひ》が来たと思ふと、全く自分が悪かつたと深く深く感じたのである。

「わたしが悪うおました」

と梅奴は虫井の膝に泣き崩れた。

熱することも早ければ、さめる事も早い若い同志の恋は、かういふ気まづい痴話があつてから、手の裏を返したやうに冷やかになつた。そのうち梅奴は甘い苦しい恋よりも、美しい薄つぺらな恋に満足するやうになつて、何不足なく立派な紳士に養はれて居るのである。

紅梅の蕾

一

河西屋の秘蔵の一人娘、お喜代は十八になつた。下脹《しもぶくれ》の愛くるしい、常《いつ》も桜色の丸顔の仇気ないお喜代は、お町方の娘のやうに女学校を卒業すると、縫物屋にも行けば活花のお稽古にも通つて居た。自分で結ふ束髪に油の香なく大島模様の銘仙の平常着《ふだんぎ》に唐縮緬の帯を締めて、堅気に立働て居るのを見ると、負嫌で有名なおゑんも流石に女親の心弱く、娘の話の出る前には先づ嬉し涙をこぼして、お喜代の内気な、そして親孝行を自慢して喜ぶのである。

北陽《しんち》河西屋の女将として、おゑんは芸妓達《こどもたち》の受もよく、お客にも可愛がられて居た。もう十年も前に、一度世話になつた旦那に死別れてからは、四歳の時にもらつた、なさぬ仲のお喜代と二人限《ぎり》、此家《この》大茶屋の老舗をこしらえるまでは随分苦労もして来たのである。

一時はお喜代を舞妓に出さうとしたこともあつた。その中に東京から移つて来た或る大な紡績会社の社長さんが来遊《くる》やうになつて綿屋さんや機械屋さんなぞの関係からいつか知らぬ間にお約束の受取茶屋として河西屋は指折りの中に這入るやうになつた。

「妾の宅《うち》は全く富田さんのお影で、ここまでに成たんだツさかい、どないしても御恩返しをしないではすみまへん」

と女将は心の底から感謝して居る。大火の跡の新築の時は勿論、平生《ふだん》一寸した座蒲団をこしらえるまでも、富田さんに相談する位、万事を投出して依頼《たより》にして居るから、富田さんも自分の家同様に世話を焼いてくれるのである。

「おゐん、又御恩返をしては何うか」

「御恩返しだつか、旦那はん、在《おま》ツせ」

と富田は一人で内所で遊びに来る時は、時々新しい女の子を周旋させて居た。富田は今年五十位、少し禿げかかつて福々そうな肥満の男で、象のやうな細い眼に笑を湛へて僅少《わづか》ばかりの御酒に快活《こころもち》よく酔ふと、さえた声で清元の三千歳を語る。細かい大島飛白の重ねに黒羽二重の三ツ紋、上品な服装《すがた》を一度も取乱したことが無い鷹揚な、そして嫌味のない紳士である。

時雨の空の宵暗《よひやみ》の晩であつた。富田は箕面の紅葉狩の帰り途、門口で俥を返して玄関脇から勝手口を窺いて丁度台所の長火鉢の傍の小机に、帳付をして居たお喜代の色の白い横顔を見ながら上ると、直ぐ後からおゑんが跟て来て、奥の二階座敷に通る。

「急に寒うなつた、少し寒すぎるやうだ」

と富田は火鉢を引寄せながら坐つた。

「寒うおまんな、旦那はん紅葉見にお出やしたか」

「今日は箕面の帰途《かへり》だ」

「そうだしたか、妾も昨日《きのふ》行きましてン、箕面の紅葉は宜敷ゆおまんな」

「いつ行つて見ても宜い所だ、紅葉は確に日本一だ、あれ丈はお前方に自慢されても致方がない」

「旦那はんは大阪のものと言ふと何でも悪う言やはりまツけど、箕面だけは常《いつ》でも賞てだすな」

「あれ丈は天然の景色で大阪化して居ないからだ、然し箕面ばかりではない、未だ外に賞て居るものがあるではないか」

「そうだしたかな」
「そうだしたかは心細い、お前能く御恩返しをして呉るでは無いか」
「舞妓はんだつか」
「強《あなが》ち舞妓と限らん、私は大阪の女が一番好だ」
「うまいこと、お世辞だんな」
「真個《ほんと》の話だ、何だかだまされて居るとしても大阪の女の方が恐く無い様な心持がする、気が置なくて大好だ」
「嬉しゆおまんな、旦那はんに賞られると妾のことで無うても、嬉しゆおます、誰ぞ賞て貰ふ女子はんがお眼に止りましたかいな」
「お眼に止つたと言へば、今帳場で一寸お喜代の横顔を見た、いよいよお前さんの決心がついたかな」
「決心がつきませんよつて、貴方に又相談がおます、貴方はんのお指図通りしたいよつて」
「どうする考《つもり》だ」
「妾《わたし》お喜代のことが一番心配でおます、まだほんの色気なしだツけど、もうお客様がお喜代お喜代ツて直き冗談を言やはりますし、女学生のやうな姿《ふう》を好きやさかい、丸で男のやうでおますけど、考へて見ると齢が齢だすしな」

「十八だと言つたな」

「十八だんね、然し色町の子に似合ぬお町方の娘《とう》さん方よりも野暮だんね」

「そこが可愛い所だらう」

と富田は、左の中指と人示指との間《なか》が、茶褐色に脂に染んで居る煙草好、金口の船来のものを燻しながら言つた。

二

「此様《こんな》商売だすよつて、佳いお婿はんが貰えるもんではないし、又佳いお婿はんが来て呉はるとなると、此商売は厭やと言ふにきまつて居ます。是を廃《やめ》るとすると妾《わたし》も又婿はんにかからねばならんし、そうかと言うて折角此処までにして来たのを廃るのも残念やし、此商売を承知で台所で煤ぶつて居て呉るやうな婿やつたら、お喜代に可愛そうやし、この身代と、娘とを喰物にして河西屋の兄さん兄さん言はれて、喜んで居るやうな厄雑《やくざ》な道楽者では尚心配やし、ほんまに考へると、どないしたら宜いか皆目判らんやうになつて来まんね」

とおゑんはお喜代の話になると如何にも心配そうな顔付、年齢《とし》は四十五六のうば桜、色艶のよい面長の小造りな意気な女将である。

「如何にも左様だ、然しそう先の先まで心配すりや際限が無いけれど、先づ第一に飽までも此商売をして行く積《つもり》か或は又お婿さん次第ではもう廃てもよろしいか方針を変てもよろしいと言ふ決心があるかどうか、それが決定《きま》れば、あとの判断は直ぐに結着《つく》ものだ」

「そうだツか、妾、此商売を廃るのは惜うおまんね、お喜代の為ならば廃業《やめ》ても宜いやうなものの、気儘勝手なことをして来た妾が、今更堅気で窮屈なお町方の渡世《くらし》は到底も出来ません、息子の為や娘の為に、客商売を廃業《やめ》て、却て後悔して居る人が沢山おます、つまり川育《かはそだち》は川で果るのが気楽で、生半《なまなか》岡のものを羨むのが間違の源《もと》で、却て苦労するのやと思ひまんね。此商売で育つて来た以上は、これで果るのが幸福《しあはせ》でおまへんやろか」

「左様だ、其通りだ、それで宜敷、その決心があればお喜代を河西屋の二代目の立派なお内儀に仕込むがよい」

「そうするには何ないしますね」

「早くお座敷に出して成行にまかすのさ」

「判らんわ、成行に委すて?」

とおゑんは覗き込むやうに富田の顔を見た。富田は少し笑を帯ながら。

「成行に委すと言ふのは、娘さんとして大切にして置よりも、女として或程度までは自由にさしてやるのさ」

「そんな無茶なことさしたら何もなりまへんがな」

「そこには又楫取が必要だ、無茶なことをさせてはならぬに規《き》まつて居る」

「六ケ敷ゆおまんな」

「何六ケ敷もんか、お前が傍に付て居るから大丈夫だ」

「そうだツしやろか」

「この商売をして行く以上は、無理に七面倒臭いことを言うて、苦しむのは馬鹿気た話で、お茶屋よりもまだ表立つた宿屋にしても御覧なさい、金森の娘さんも花外の娘さんも、いまだに彼の年齢《あとし》になつてお婿さんが無い、実に可愛そうな惨酷な話だ、お客様の顔を見ればお世辞を言はねば繁昌せぬ商売である以上は、娘であろうが女房であろが、多少はお客様の冗談相手になるだけの覚悟が無くては駄目だ、それでなければ引込んで居て一切を番頭か仲居に委せぎりにすればまだしも、そうで無いとすれば、そういふ客商売の娘さんの婿さんは中々六ツ敷に規まつて居る。両親《ふたおや》に気に入るやうな男は、馬鹿気きつて誰が婿になぞ来るもんか、婿にでも行こうと言ふ奴は両親のお気に召さぬに極つて居る。親に決断力の無い為に可愛い娘盛をむごたらしく送らせる、実に気の毒な話だ、宿屋と色町とは尚違つて居る。松糸を御覧、お糸さんが、流石に苦労して来て酸も甘いも知つて居るから、あすこの娘さんのお政さんもお銀さんも、立派なお方のお世話になつて居て、お座敷にも出れば実に愉快に働て居る、僕は、お茶屋の商売としてはあれが理想的だと思ふ、お喜代もそうだ、此商売をやつて行こうとする以上は、兎に角お座敷に出して、それから先は成行に委せてお前さんが巧く楫を執《とる》に限る」

「そうだツか、けど旦那はん、若し妙な間違が起つたら難儀だツしやろ」

「妙な間違ツて」

「お座敷へ出すと、あれかて女だすよつて、それが心配だんね」

「それは覚悟の上としなくてはいけぬ」

「でも初がかんじんでツしやろ」

「ああいふことは縁のものだから、それはお前の思ふ通りには行かないかも知れん」

「それが厭だんね」

「お前が嫌だつてもお喜代は又喜ぶかも知れん」

「それが厭だんね」

とおゑんは富田をジツと見て。

「旦那はん、貴方《あんた》引受けておくなはれ、そしたら、直《すぐ》、お座敷へ出します」

三

色付いて紅葉の落る音が時々聞える茶味《ちや》がかつた四畳半の小室《こま》に、今湯上りの富田はフランネルにお召のかい巻の重衣《かさねぎ》して、蒔絵ある桐の火桶を前にシガーを燻らして居る。黒びろうどの肩当したる美しい友染の額布団を二ツ折にして、雪白のシイツの後に置たおゑんは、出て行こうと、襖に手を当たまま一寸立止まつて。

「旦那はん、妾、やう言いまへんさかい、何《ど》ないしまへう」

「何を？」

「妾には能う言へんわ」

「まだ言はないのかい」

「まだだんね」

「何だ、まだ本人は知らんのか」

「お湯から上つたら言はうと思ひまして、けれどやう言わんわ」

「はづかしいか」

「羞恥《はづかし》うはおまへんけど、何やら可笑《をかしゆ》おますさかい、旦那はん、貴方から、言うておくれやす」

「僕が何を言ふのだ」

「こうやさかいつて言うてお呉やす」

「それでは僕が言ふてきかせるのか」

「そうだす、貴方《あんた》は博士やさかい」

「冗談ぢやないよ、まア、そこへお坐り」

と富田はおゑんを火鉢の傍に坐らせた。

「お前はこれが商売じやないか」

「商売かて、自分の娘に、……商売やないわ」

「矢張り人間らしい所があるね」

「人間だすもの、可愛らしい所がありませう」

「如何にも可愛らしい所があるから嬉しい、よろしい、それでは僕が引受て言うてきかせる、然し内儀、嫌だと言ふたらどうする」

「そんなこと言えしめへん」

「お前当ツて見たのかい」

「まさか」

「それでは危険《あぶない》、厭だと言はれたらば、僕も器量が下るからね」

「旦那はんなら大丈夫」

「いや、僕は此齢になつて愧をかくのは御免だ、お前が一寸話《あた》つて見て大丈夫と思つたら寄して下さい。然し私は初《はじめ》から明白《はつきり》と言うて置く、私は話の行懸上《ゆきがかりじやう》止むを得ず斯うぃふ訳になつたとしても、是が原因となつて一生お喜代を引受ける心は毛頭無いのは承知だらうね」

「それは判然《わかつ》て居ますよ」

「妙なはめに成つてお喜代がもう再び男を持たないと言ふやうになつたとしても、私は責任が無いよ、私は内儀の人身御供に上つたものと信じて居る、それから先は内儀の眼光《めがね》でお喜代に適当な旦那だと思ふ人を選んで気苦労の無いやうに世話をしてやるのが親子の情合だ」

「能く承知してゐます、然しお喜代がもう厭やと言うて契《と》らなんだら、何ないしまへう」

「一生後家さんで通す積りならば止むを得んでは無いか、其時にも僕には責任が無いよ」

「でも貴方の御世話にならうと言うて契《とら》なんだら何ないしまへう」

「そんな馬鹿気た話があつて耐るものか、然しそれでも僕には責任が無いと言ふことを、前以て断つて置くよ、承知だらうね」

「可愛そうだんな、がよろしゆおます、承知しました」

と言つておゑんは笑ひながら。

「然し旦那はん妊娠《おほきく》なつたら何ないしませう」

「妊娠？」

「妊娠しないよ」

「だつて魔ものですもの、妊娠《おほきう》ならぬとかぎりまへん」

「妊娠したら其時さ、それまで考へてはなんにも出来ないだらうではないか」

と富田もつぶやく様に苦笑して。

「そうだんナ、妾も又此様《こんな》こと考へたのん初てだすせ、平素《いつも》、沢山《たんと》お世話しても、少し

も考へたこと無いの、現金なものだんな、然しそないな阿呆気たこと考へたら商売になら
んツ、人間と言ふものは勝手なもんだすな」
と言つておゑんは笑ひながら出て行つた。

四

束髪に白菊の造花を挿して濃い紫地に乱菊の縫ある半襟を少し見せて、変り模様の銘仙の綿入に、派手な友仙と黒繻子の昼夜帯をお太鼓に結て檜葉色縮緬の丸紐の帯留に緋鹿子の帯上、いつも堅気な服装《つくり》を自慢のおゑんの好だけあつて、飽までも未通娘《きむすめ》の愛くるしいお喜代は、突出の小鉢と、赤絵の杯を載せた杉の生地の吸物膳とお銚子を傍に置いて、襖を静《そ》つと開け、黙つてお辞儀をして、それからお座敷へ這入つた。

友染の褥を除けて、富田は部屋の片隅の火鉢に近く坐つて居た。

「お喜代」と富田は手招ぎしながら呼んだ。

お喜代は黙つて火鉢の傍に坐つた。

「お喜代、何人《だれ》がお銚子を持つて行けと行つた」

「お母さん」

「お母さんは、他に何にも言はなかつたかい」

お喜代は返事もしないで黙つて俯向いて居る。

「お母さんは、お喜代も、これからお座敷に出るのだから、富田さんのお座敷へ行くのだつて言やしなかつたのかい」

「言ひまへん」

とお喜代は真赤な顔をして、小さい声で言つた。富田は河西屋に来てから彼是七年余りにもなる。自分の宅《うち》同様に、寝泊もして我儘を言ひ尽して居る間柄であるから、お喜代も親のやうに富田に馴染んで居た。まだ学校通ひの悪戯盛りの小供の時から、他所行にも、芝居行にも連て行て貰つたこともある。お喜代は決して富田に対して羞しいと思ふやうな心持は無い。恐いとも思つて居ない、然し大凡のことを合点して居るお喜代は、何だか初て知らぬ人に遇ふよりも、羞しいやうな、恐しい様な臆した心持になつた。

　毎日毎夜化粧のものの出入して居る台所の小机にもたれて、お帳場を受持つて居るお喜代は、色町の商習慣は何でも知りぬいて居る。芸妓衆の世間話や仲居や男衆の内所話まで知ぬ振をして聞て居る。けれど無口の仇度気《あどけ》ないお喜代は黙つて笑つて居る許であるから何人《だれ》からも注意されなくて居た。然しお酒に酔たお客の戯言《ざれごと》や、すれ違ふ廊下に手を握られて、艶つぽいいやらしい言葉も常日頃から聴されて居るから、此道のことは大概、想像は出来て居るのである。お喜代は今宵珍らしく母親からお湯の指図まで受けて、湯上りにはこれを着よと絞りの大模様ある緋縮緬の長襦袢を出された時は、自分の運命を覚悟しなくてはならぬものと決心した。此家の恩人であると母親が尊敬して居るのみならず、今を盛りの芸妓衆にも好れて、金遣ひも綺麗な、紡績会社の社長として、社会上に於ける地位も相当に尊敬せられて居る富田に、情《み》を委すといふ事は一種の名誉のやうにも思つたのである。

「お母さんが何にも言はないつて、怪しからんね、然しお喜代、お母さんが言はなくても判明《わか》つて居るだらうね」

「知りまへん。……」

「知らない、真個《ほんと》に知らない」

と富田は言ひながら盃を取上て、お喜代の前につツと差出した。

お酌をしやうと、お銚子を取上げたお喜代の手はブルブルと震えて居る。愉快そうに静《じつ》と黙つて見て居た富田は、慄える其手を握つて。

「こぼれるといけないよ」

とお銚子を取て自分で酌《つい》で一口呑んだ。

「お喜代お前も呑むかい」

「いただきません」

「お酒は嫌な方がよろしい。私も嫌の方だ」

と富田は言ひながら、火鉢を右に除《よけ》てお喜代を膝近く引寄せた。


…………

俯向た首筋に短い柔かな束髪の後れ毛が風なきにゆらぐ様に見えて、桃の花色の項《うなじ》の艶に、血の湧き通ふ、漲る、温もり、若い女の臭が、富田の鼻の先に漂ふと、黙つて握つて居たお喜代の手を堅く握つた。…………………

床の花活に室咲の紅梅の蕾の一枝は、ゆかしい馨《かほり》を放つのである。

五

お喜代は其翌日からお座敷にも出るやうになつた。富田は自分の関係のあつた女のことは何所迄も秘密にしてゐるから、お喜代との情事《こと》は何人にも知れなかつた。富田はおゐんに対する最初の約束通りお喜代との縁は其日限として忘れたやうに捨て仕舞つた。お喜代は十四五の頃からお帳場に坐るやうになつて浮気な富田の性行を能く知つてゐる。二月と続いた女の無い事も、深く馴れ染て恋し、いとしといつた様な女の子は未だ一人も無い事も知つて居る。だから自分が直に捨られたことを少しも怪しまなかつた。富田さんとの縁はもう無いものと思はなくてはならぬと、母親からも判然《はつきり》と言はれた。凡て覚悟の上であるから、お喜代も一場の夢と忘れるのは何でもない事と思つて居た。交際《つきあひ》の多い富田は隔日位に河西屋の玄関先へ俥を乗入れるのである。そしていつも御贔屓の芸妓衆の定つた顔触を集めて浮世話に戯事《ざれごと》言うて送るのである。

御大典の御祝として廓の賑に手古舞姿の万歳踊が表町を練歩く大騒も過て紅白の幔幕に、うら寒い木枯が音づれて、夜もいつしか更て、人通りも少くなつた頃、姉さん株の手古舞姿の大連が、丁度富田の来合せた河西屋の大広間に落合つて、陽気な万歳踊に底抜けの大騒ぎ、したたかお酒に酔ひ乱れた中につい先頃まで富田の馴染であつた今歳二十八の女盛りで、舞も容色も申分のない花勇といふ芸妓があつた。

「富田さん、貴方に聞て貰はななならんことがおまんね、貴方は箒やさかい、頼りなうおまツけど、妾は何時迄だつて好だんね、貴方迷惑やろけど……、妾今日はお酒を呑でまツすせ、堪忍しとくれやすや、よろしゆおまつか、おゑんさんにも聞いて貰はにやならんし」

と言ひながら見廻して不図お喜代の姿が眼にとまると。

「ア、お喜代さん、貴女《あんた》お座敷へ出るとな、お目出度うさん、貴女《あんた》、すまんがお母ちゃんを呼んで来てんか、お母さんと一緒に富田さんに言はんならんことがおまんね」

「花勇さん、お母さんだんな」

とお喜代は何心なく立たうとすると、

「お喜代、宜敷放《ほつ》ときな」

と富田は呼留《とめ》た。

「どないしまんね、花勇さん」

と富田に呼止められたお喜代は、花勇を一寸振向たまま又坐つて仕舞つた。

「富田はん、貴方何で止なはるのや、お喜代さん貴女に頼めへんし、妾自分で行くわ」

と花勇は、しどろもどろに酔ひ崩れた体で、立うとするけれど、思ふやうに立ない。

「おゐんさん、上つてんかア」

と大きな声で叫んだと思ふと、

「ア、口惜いツ、腹が立つウ」

と酔ひ倒れたのやら、泣倒れたのやら、花勇は崩れるやうに倒れた。

「まるで気狂だ、放ときなさい、其中にお酒も醒るだらう」

と富田はお喜代に言ひながら、顔を見合せて笑つた、お喜代は富田のやさしい言葉を嬉しく感じて心強い気になつて浅間しい花勇の姿を見ると、情ないやうな厭な心持になつて直に胸の動悸が激しく迫るやうになつた。そして、其所に居耐らぬので、座敷を出ると悲しいやうに涙がこぼれ出した。妾はもう富田さんとは他人であるのだ。そうだ、自分はもう富田さんのことを考へてはならぬのだと、お喜代は帳場の前に坐つて心の中でじつと考へながら書きかけの逢状の筆を持つたまま暫く茫《ぼう》乎と失神したやうになつた。

「お喜代、お前力子はん貰ふてや、店が来たら妾が逢ひまツせ」

とおゑんは硝子の障子越に中腰になつて窺くやうに帳場のお喜代を見ながら言つた。

「アッ！　厭な」

とお喜代は手に持つて居た筆を硯箱に投捨るやうにして身慄ひをした。お喜代は富田の此次にとねらつて居る女は力子であるといふ事を勿論知つて居た。


……………………

…………………………

お喜代は毎日厭な心持をして日を暮すやうになつた。

お父さんのやうに年齢《とし》の違ふ富田に一生お世話になれる者だとも思つて居ない。又世話になり度いとも思つて居ない。然し自分は情を売る芸妓では無い。富田は俄雨《にわかあめ》を凌いだ一時の仮の宿よりも軽く思つて居るけれど、自分はそう簡単に思ひ切らねばならぬものかと気迷ふやうになつた。移り香の忘れられて仕舞た綻びた紅梅の蕾には香《にほひ》があつたのである。

急山人の花柳情話「曾根崎艶話」のこと

中嶋光一

一

急山人とは、長い間実業界に君臨し、関西財界の大立物として人口に膾炙している小林一三氏のペンネームである。

氏は明治六年一月、甲州に生れ、慶応義塾に学んだ。明治二十三年、十八歳の小林青年は、郷里の山梨日々新聞に、靄溪学人という名で「練糸痕」[1]という恋愛小説を九回にわたって連載した。

この小説は昭和九年、小林一三氏の依頼によって、発表当時の新聞を捜しだした宮武外骨氏の手で、初めておおやけにされた。宮武氏はその序文で次のように記している。[2]

「阪神急行電鉄会社長、東京電燈会社長、東宝劇場会社長として時メク小林一三、号逸山、甲州の人、此逸山先生が十八歳の時、即ち明治二十三年四月、慶応義塾通学中、郷里甲府の新聞社に寄せた新作小説、当時著名の怪事件であった外人ラーギ殺しを題材とした練糸痕(無垢女のキズといふ義か)靄溪(ＩＫ)学人とある。逸山先生の処女作、其構想措辞の巧拙は問ふ所ではない、由来風流雅懐人の少い実業界中に於て、逸山先生が少壮の頃にハヤ、此のマセたる文藻のあつた事は異彩とせねばならぬ、後に　少女歌劇の祖と成つて其趣味に耽り、近くは雅俗山荘漫筆の著を続刊さるるのお道楽が　あるなど、寔に以てユヱなきにあらずと知られよ」

と批評し、紹介している。

ラーギ殺しと言うのは、明治二十三年四月四日の夜、麻布鳥居坂にあった東洋英和女学校長イー・エス・ラーギ女史の夫で宣教師のテイ・ラーギというアメリカ人が、なに者かに殺害された事件である。その殺人事件にヒントを得て書かれたのがこの小説「練糸痕」であった。

ラーギ家の令嬢であるレニス嬢とレニス宣教師の子弟大森安雄は恋仲で、二人が恋愛中に、これをあまり喜ばないレニス宣教師が突然殺される。レニス夫人は大森を犯人ではないかと疑い、その間に大森は帰郷する。大森がレニス邸へ戻って、夫人とレニス嬢と三人で箱根へ静養に出かけ、留守中に大森が警察へ拘引される――という筋の短編小説である。当時問題になった殺人事件を扱ったのと、レニス嬢の恋人を犯人ではないかと書いてあるのを見た警察では、犯人の検挙に躍起になっている時だったので、この殺人事件の内情をくわしく知っている者が書いた小説ではないかと疑い、山梨日々新聞社や靄渓学人も取調べを受けた。そのため、この小説は未完結のまま九回をもって打ち切りのやむなきに至ったのである。

柳田泉氏は「練糸痕の読後に」と題して次のように批している。[3]

「この小説を書いたときに、作者靄渓学人は十八歳であつたといふ。この小説は最初からこれを条件として読むべきである。

時事もののラーヂ殺しを扱つたのは、際物とはいへ、先づ機敏とほめていゝであらう。而かもその扱ひ方が、事件の経過乃至探偵の一点張りでなく、想像で事件をぼかして、人情の分解から筋の運びをつけやうとしてあるのは、着眼としては悪くない。事件も、たゞあつさり出してあるのは先づいい。万事をレニス嬢の意を中心に描いて行かうといふのは、十八歳の少年としては、一寸マセた行き方だ。

文章も、さう練れてはゐないが、十八としては達者な方であらう。今日の十八歳ではとてもこれまでにはこなせまい。

……然し実話や単なる探偵物とせずに、ともかく小説としてまとめてゐるところに作者の才分が出てゐる。この作者が若しこのまゝ小説道に入つたら、勉強次第で或は明治文学華やかなりしころの紅露逍鷗とは列伍されぬまでも、十指のうちに入る大物となつたかも知れない。……」

日本の近代文学が勃興しつゝあった明治二十二、三年頃は、すでに春のやおぼろの「当世書生気質」や二葉亭四迷の「浮雲」などが世に出てはいたが、一方、尾崎紅葉、山田美妙、石橋思案など硯友社の一派もしだいに世間に知られるようになってきたころであった。当時、少年期から青年期に成長していく文学好きの小林氏は、当然そういう新しく起った文学の影響を受けていったであろう。

柳田泉氏の言うように、このまま小説を書き続けていったならば、或いは文学上においても何か新機軸を生み出していたかも知れない。本気で小説家になろうとしていた文学青年が、明治二十五年十二月、慶応義塾卒業後に望んでいた「都新聞」への入社は実現せず、仕方なく銀行員となった。その間にも文学に対する熱意を失わず、時代小説などを書いて懸賞に応募し、入選したことなどもあった。

二

大阪の三井銀行時代に、花街に出入りして遊びを知った小林一三氏が「曾根崎艶話」[4]を書いて出版したのは、氏が四十三歳のとき、すなわち大正四年の十二月であった。すでに明治四十四年五月には宝塚新温泉が開業し、続いて大正二年には宝塚少女歌劇団が創立されて、氏はその歌劇団のために脚本を書きまくっていた。そして大正二年から七年ごろまでの間に二十作以上の脚本を書いた。

「曾根崎艶話」はそうした氏の油ののりきった時期に創作されたもので、氏の数多い著作(創作物ではなく)の中でも唯一の花柳小説として歴然とした光芒を放っている。

この「曾根崎艶話」は、戦後にも復刊され[5]著者名は急山人ではなく、小林一三著となっている。そのなかの新円問答(序文にかえて)で「曾根崎艶話」の由来を説明しているので、少し長くなるが、しばらくの間作者の話しを引用してみよう。

「そこです。実はそこをねらつてお伺ひ致しましたので、不用品の御処分も結構ですが、先生のお手許には新円が眠つてゐることを知つて居りますので」

「それは耳寄りな話だ、燈台下暗しで気がつかないが」

「それは絶版本の再刊です」

「絶版本？　僕の本は全部絶版だ、発行所には残本一冊も無しだ、どの本を出そうというのか」

「再版重版そういふ月並な平凡の本では、駄目です、先生が時代の圧迫から止むを得ず絶版したといふ珍本を民主主義時勢の波に乗って浮び上がるといふ因縁つきでなくては面白くない……」

「そんな本は僕には無いよ」

「イヤ、有ります、匿名で御発行になり、風俗壊乱として告発され、即席裁判で罰金に付せられて、問題が起りそうになつたので、先生の社会的立場から……或は其当時先輩の人達からも「君が大阪の実業界でやつてゆこうといふならばニキビ臭い三文文士の真似をやつてああいふ草艸紙めいた本は直ちに絶版にし玉へ」と忠告されたといふ話もきいてゐる……」

「あの本かい、君も其事情を知つてゐるのかい」

「愛読しました、傑作です」

「おだてゝも駄目だよ」

「情話本の元祖だといふだけでも、彼の本をあのまゝ埋木葬つて仕舞ふのは、御自身でも可愛そうだとは思ひませんか」

「親不孝の子供だ、死んだ方がアキラメがいゝと言ふのだろう」

「然し、不幸の子供ほど可愛そうだとお考えになるのが人情です。況んやそれが果して親不孝であつたのやら、私の知れる範囲によれば、所謂情話ものの流行以前に於て先生の大胆な暴露小説「曾根崎情話」が斯界の先駆者として現はれ、善良の風俗を攪乱する怪しからぬ痴情の睦言と、其筋から一喝をくらつて、屁古垂れたといふのも時勢の罪で、今日から見れば日常座談の笑ひ草として何人も怪しまない、ヂープに乗合せた小娘を見て何とも思はない程度のものであるのですから、一番奮発して新円かせぎに再刊しては如何です」

「……「曾根崎情話」といふ本を僕は書いたことは無いよ」

「知らばつくれても駄目です、この鹿の子絞り模様麻の葉ぽい本を御覧なさい」

「能く御覧、その本は「曾根崎情話」では無いよ」

「成程「曾根崎情話」では無い「曾根崎艶話」！　どうして艶話と言つたのですか」

「其頃はまだ情話といふ言葉は流行しなかつたし、情話といふ文字を使ふとも思ひつかなかつた。井原西鶴の「色道艶話」から考えついて、「曾根崎艶話」とつけたものの此種の人情本は興味本位から其時代色に浸つて耽読すれば、そこにいろいろのモデルが活躍するから面白いので、敗戦国のみじめな今日此頃、殊に曾根崎新地は荒れ果た焦熱の瓦礫の原、恋も情けも昔の夢と消えて、凡そ縁遠い花街の痴話狂ひ、其当時でさへ匿名で出版したものを如何に厚釜しいとは言へ今更老妓の厚化粧、二度の勤は恥曝しに終るから」

「……此急山人といふペンネームは？……」

「急山人？　そうだ急山人、これは其頃、私が本職の箕面有馬電気軌道株式会社と言ふ、今の京阪神急行電鉄会社の前身であつた、田舎臭い其電車会社にちなんで、箕有山人と言ふ名前を使つてゐたから、箕有山人を急山人ともじつただけで深い意味は無い」

「今度は本名を出して下さらなければ困る」

「本名を、イヤだイヤだ、新円はほしいが、いやだいやだ」

「そう簡単に言はれても、ヘイそうですかと言ふことの出来ない理由がありますが……」

「……理由があるといふならば其理由を承はらう」

「……元来此「曾根崎艶話」は花街小説といふよりも我大阪の風俗史として今や捨つべからざる歴然たる珍書部類に属して居るのです。遠く元禄の昔の曾根崎新地には、天の網島に紙屋治兵衛の心中話、近松の浄瑠璃本は千古不滅の誉れを残してゐる、明治大正の曾根崎新地には、おさんの涙に名高い蜆川も天満火事から埋立てられて大河への涼船も跡を絶ち、茶屋行燈におぼろ月夜の忍ぶ逢瀬というやう粋な世界の影はどこにもない、其時代の花街の風俗は、只僅かに「曾根崎艶話」の存在によつてのみうかがひ知ることが出来る、而かも大阪の俳優鴈治郎を初めとして財界一流の名士、其社交的生活と花明柳暗の時代鏡、幾久しく変るところ無き絵巻物として珍重すべき参考書である以上は、仮に先生が御承諾しないとしても、失礼ながら、老齢前途短かき其生涯が終る時は、勝手にどこからでも出版せらるるにきまつてゐる、……」

こうして刊行された戦後版「曾根崎艶話」は、大正版(6)と比較してみると、初版に掲載されている作品集「襟替」「イ菱大尽」「梅奴」、さらに一ケ月後の増補第二版ではこの参作品に「紅梅の蕾」が追加されている。戦後版の「曾根崎艶話」には、この第二版の四作品が収録されているが、「梅奴」が「心中未遂」と変っている。

ここで当時の「曾根崎新地」について簡単にふれておこうと思う。

大阪の花街として特色をおび、代表的なものとしては「南地《みなみ》」「北陽《きた》」(曾根崎)「新町《しんまち》」「堀江《ほりえ》」の四花街がある。

いづれの花街も主体は芸妓本位だが、芸妓と娼妓の混合した花街として繁栄した。そしてこれが大阪花街の特色でもあった。

「曾根崎新地」は江戸時代、元禄の末に新地として開発されてから繁栄し、明治になってからも盛んであったが、明治四十二年の大火で全焼したために、娼妓たちは全員他の廓へ移転させられた。そのため、大阪の花街で娼妓の姿を見ないのはこの「曾根崎新地」だけである。略して「北の新地」「北」或いは「北陽」などと呼び、昔は今の堂島にあったので、蜆川を渡って曾根崎新地へ行った。その蜆川も明治の大火後に埋め立てられて無くなり、その後に再興されたのが大正時代になってからの「曾根崎新地」であった。他の花街のように芸娼妓ではなく、芸妓だけなので、そこには曾根崎独特の気風と情緒があったのである。

したがって「曾根崎艶話」は大正初期に書かれてはいるが、氏が「北の新地」に出入りしていたころ、すなわち明治二十年代～三十年代の「曾根崎新地」を書いたものと思われる。この「曾根崎艶話」が出版されたころは、すでに「曾根崎新地」は花街として新しく生まれ変っていたのであった。

三

「艶話」ではなく「情話」という用語が使われだしてくるのは、大正四年二月に刊行された「情話新集第一編」[7]あたりかとも思われるが、それより以前、たとへば明治四十五年六月に発行された「花柳情話　紳士と芸者」[8]という本には「情話」という語がはっきりと使われてはいる。また大正二年に出た「理想的さしむかひ」[9]という本には、人情話となっていて「情話」という語はないが、そういった言葉が、或いは無意識的にか使われているのである。そして「紳士と芸者」にしても「さしむかひ」にしても、内容的には「情話」ではないかと思われるのである。

「新内の流しが通ります、声色使《こわいろつか》ひが源之助《きのくにや》を使《や》つて居ます、しんみりとした塀《へい》を見越しの松の影から、ちらちらと見える燈火《ともしび》の障子に映《うつ》る姿はオヽ自烈《じれつ》たい、一寸隙見をして御覧なさい、立聞《たちぎき》をして見ませうか、何だか大層味な話がもてますこと、二人水入らずの「差向ひ」で、をかしいやうだが——だけど罪だわね、……」[10]

という情緒のある書き出しである。こういうのどかな雰囲気がまだいくらかでも残っていた明治時代の「曾根崎新地」を背景として書かれたのがこの「曾根崎艶話」なのである。

作者は「情話」という言葉は思いつかなかった、と言っているが、書かれたのが大正の初期、つまり「情話」というはっきりした用語が成立していなかった当時のことなので、当然かも知れない。「情話」という用語が固定化されたのは、前記のように、大正四年以後であると思われ、大正中期から昭和にかけて幾多の「情話集」が生みだされている。

そうした意味では、この「曾根崎艶話」は情話の先駆的なものと言えるかも知れないし、内容も情話であると想われるのである。

まず「襟替」という作品を見ると、豆千代という舞妓が一本だち(芸妓)になり、お茶屋へ挨拶廻りをする。新しく仕立てた着物の着こなし、その柄といいまばゆいばかりである。

「白絽《しろろ》の下着に黒絽の裾《すそ》模様、光琳風の蚕豆《そら》の花の縫取り、あたりに這《は》ふ蔓《つる》の行衛《ゆくえ》に添うて細腰にからまる風情、桔梗の五ツ紋にきかせて帯は濃い水色地に金と銀摺の七艸《くさ》の巧に風に乱れたる、白襟は銀の青海波の箔《はく》置き、帯留はそら豆つなぎ、豆の実にあしらう宝玉《ダイヤ》のきらめける、緋《ひ》の疋田《ひつた》の帯上の艶に色めける、鼈甲《べつこう》の櫛《くし》、翡翠《ひすい》の玉、初て結《ゆひ》し島田髷のふつくりと似合ひたる」

という濃艶な描写である。馴染客の席でその姿を見せて、種々とからかわれ、それからまた他のお茶屋へ挨拶廻りに出かけるという筋で、舞妓から芸妓になった豆千代を主人公として、それに井田という年配の客をからませ、さらに豆千代の好きな客である南船場の大原という若旦那との情交をはさんでのお膳立ては、全体として破綻はないにしても、まとまった感じというより、豆千代の衣裳が眼につきすぎるきらいはある。しかし、舞妓から芸妓へ移行する過程の、若い豆千代の着物の着付からそれを着た豆千代の心理状態――御飯が食べられないほどうれしかった、というたわいないものだ――がその豆千代の姿がいきいきと明るく描かれているのと、北陽の情景がきれいで、見ていてただ美しい、という印象が残るのみだが、得がたい好短編と言えるかも知れない。

「イ菱大尽」になると、若旦那(中村雁十郎)が四、五人の芸妓たちとお座敷で伊代治の来るのを待っている。容易に来ない。その間に若旦那の若い日の恋物語を聞かせ、芸妓呂ノ吉ののろけ話しを聞いて、面白おかしく遊んでいる。――一方、伊代治は実業家の戸井翁と平鹿というお茶屋で会っている。戸井翁が帰ってから伊代治が若旦那の所へやって来た時は、若旦那と芸妓たちのそれぞれの恋物語が終ってひとくぎりついた時である。若旦那は待ちくたびれていたが、嬉しそうに伊代治を迎える。二人のもつれ会い。あたしを捨てないでくれ、と言う。二人の寝物語が続くのである。

当時、関西歌舞伎の花形で大御所であった中村鴈治郎と北陽の名妓である喜代治との恋、それにやはり当時大阪財界では大立物の土居通夫という大実業家をからませての事実を暴露した小説である。

このように名優中村鴈治郎と実業家土居通夫、北陽の名妓といわれた喜代治の三人をそれぞれ名前を替えただけで登場させ、さらにお茶屋「平鹿」を舞台として使っている。これの「平鹿」は北陽でも一流の貸席といわれたお茶屋で実名である。小奴、呂之吉という取巻きに出ている芸妓たちもやはり名前を替えただけで、北陽の若手芸妓のトップクラスで実在の人物である。

若旦那(雁十郎)が伊代治が来るのを待っている間に話す恋物語、小奴、呂ノ吉の恋物語などが特に白眉である。若旦那と伊代治が主体になっていると想われるが、かえって脇役の感じもする戸井翁の姿に特色が現われていて、戸井翁の性格がよく捉えられている。それに比べて名妓伊代治の影がうすく、表面的にしか描かれていない。伊代治は名妓である。名妓たる伊代治の姿がぼやけているので、実感として迫ってこないのである。同じことが若旦那にも見られ、平凡な男女の恋物語のようにもみえる。伊代治が若旦那に、こんな深い情交《なか》になったからにはあたしを絶体に捨てないでくれ、というところも何かしっくりとしない。伊代治の芸妓としての意地のようなものが弱い気がするのである。実在の人物をモデルにしたということもあって、作者は少し遠慮して描いたのであろうか。しかし、全体としてみると、よくまとまってみえるのは、恋物語や戸井翁の姿が躍如としているためで、「襟替」では、豆千代という芸妓に深く立ち入って描いた作者が「イ菱大尽」では人物を少しぼかした恰好になっている。これが発表された時、何分にも現役の実業家をモデルに使用したので、大阪財界に異常な反響を呼んだと言われている。

「梅奴」は舞妓時代に見染められて世話になっている旦那がいる。三輪さんという物産会社の大連支店長である。年に二回きり来ない人だが、梅奴は三輪さん一人を守っている。十八歳になった梅奴は舞妓から芸妓になった。その費用も三輪さんが出してくれて、梅奴は盛大にやることが出来た。しかし何分にも半年に一回きり来ない人なので、梅奴にとってはやはり淋しい。大森さんと言っていつも梅奴をお座敷へ呼ぶ客がいる。梅奴を好きな人である。梅奴に良い芸者になるか、それともそれをあきらめて真実の恋に生きるか、と言う。そして、本当の恋に生きた方が女は幸福になる、と断言する。梅奴は迷うが、彼女にも虫井という若い恋人がいる。大きな料理屋の若旦那である。梅奴は虫井に夢中になる。虫井と結婚して楽しく過す生活を夢見るのである。三輪さんが来る日、梅奴は彼に会いたくないと思い、虫井と駆落ちをし、虫井の知人宅で何日かを過すが、失敗に終り、梅奴は帰ってくる。三輪さんと会い、結婚したいから別れてくれと言う。三輪さんはそれを許す。梅奴は早く虫井と一緒になりたいと想うが、虫井は何だかんだと理屈をつけて梅奴にせまり、それでも梅奴はあきらめ切れなかったが、虫井と手をきり、新しく生きて行く……。

この「梅奴」も、やはり「松糸」という実在するお茶屋を舞台として、舞妓から芸妓になった梅奴の成長過程を描いており、良い芸者になるか、それとも良い芸者になることをあきらめて真実の恋に生きるか、という梅奴の女としての精神的な悩みを描いている。世話になっている旦那から離れて、恋人と結婚しようとしてうまくいかず、結局、恋人とも別れる破目になる。恋に生きて幸福な生活を望んだ梅奴は、再び芸妓として生き、甘い恋の望みを捨てるのであるが、梅奴という一人の若い芸妓の苦悩する姿を描いたもので、梅奴の人間的になろうとしてもどうにもならない宿命のようなものがにじみ出ており、梅奴がどのように生きていくかという性格的なものがよく描かれているのである。そして梅奴を取り巻く若い芸妓たちの性格も特色があり、いきいきとしている。作品としては出色のものであろう。

「紅梅の蕾」は小さい頃、養女にもらわれたお茶屋の一人娘お喜代の物語で、十八歳になったお喜代を女将は我が子のように可愛がっている。お喜代が小さい頃からそのお茶屋へ通って来ている大会社の社長の富田に、女将はお喜代のことを相談する。そして富田にお喜代の水揚げをしてもらう、という筋の短編である。

お喜代と女将、社長の富田などもただ類型的に描かれているだけで、興味本位の作品になっており、前記の三作品と比較すると、物足りなさを感じ、失敗作であるかも知れない。四編のうち「イ菱大尽」と「梅奴」が中編、「襟替」と「紅梅の蕾」が短編である。

これらの各四編の作品集を見て、「イ菱大尽」を別格として「襟替」にしても「梅奴」にしてもそこに登場するお茶屋や芸妓たちのほとんどが実在のモデルである。したがって明治の大火以前の「曾根崎新地」は、ここに描かれたような所であったと見ることができよう。作者は当時の曾根崎界隈に実際に出入りし、その情景を活写していると想われるからである。それと「曾根崎新地」に対する作者の愛惜のようなものがにじみ出ていることもたしかである。

「……この曾根崎という観念は永年、どんなに私の心を芸術的幻想にふけらしめてゐたことであらう。然るに街の左の側に、ペンキ塗りの古ぼけ洋館の門に曾根崎警察署と墨太の看板を見た時、曾根崎といふ文字と、警察署といふ文字と、そのあまりに極端なる対照の皮肉さが、如何に、文学青年を失望せしめたであらう。曾根崎は地名であるから警察署に冠するに何も不思議はないであらうが、私は、浪花情緒の院本から得た知識を冒瀆されたやうに厭な心持になつた。……」[11]

この心情が後年の「曾根崎艶話」へと発展していったのではないかと思われる。

「……その時分吾々文筆関係のものは、大阪に来ると必ず箕有電鉄の本社に小林一三氏をたずねたから、多分その招請によって宝塚の歌劇見物となつたのであらう。

小林氏もその時分はまだ四十代の働き盛り、たしか近松秋江君と一緒にたずねた時だったと思うが、しばらく話しているうち何か紙に書いたものを出して」

「君、何処がいい」

と言うので改めて書かれている文字を見ると、そこには「南」「北」「新町」「堀江」と大阪に於ける狭斜の巷の名がしるされているのであった。「曾根崎艶話」の作者からこう訊かれると、誰しも「北」という文字のところを、指差さずにはいられまい。私達はこうして指示した所に連れて行かれ、一夕の饗を受けたのだった」[12]

大正五年頃のことで、ちょうど「曾根崎艶話」が出版された直後のことであり、まことにのどかな情景である。

「曾根崎艶話」はこのように出版された当初から、実在のモデル問題や当時の社会状勢もからみ、それと作者の周囲の実業家などを扱ったために異常な反響を呼び、作者自身は大きな反駁を受けた。そして出版続行停止のやむなきに至ったのである。しかし、作者の「曾根崎艶話」に費やした情熱は、歴然として残っているのである。

四

はじめに述べたように、十八歳で「練糸痕」という甘美な恋愛小説を書き、慶応義塾卒業後、希望していた都新聞への入社がかなわず、銀行員から実業家へと進んだ小林一三氏は、その間、たえず文学的情熱を燃し続けてきた。

宝塚少女歌劇団創立後、氏がその劇団のために数多くの歌劇を書き、その前後において「曾根崎艶話」が生まれた。

青年時代、大阪で花柳界を知った氏が長い間、抱き続けて来た「曾根崎新地」に対する限りない愛着が「曾根崎艶話」となって結晶したのかも知れない。

不思議なことに処女作「練糸痕」にしても「曾根崎艶話」にしてもどちらも実在のモデルを媒体として成り立っている。「練糸痕」においては実際に起った殺人事件からヒントを得て創作したために、警察局からにらまれて途中で打ち切らなければならないことになり、「曾根崎艶話」は大阪財界人から圧力がかかって発売禁止のような恰好となったのである。

「練糸痕」から「曾根崎艶話」へと文学的情熱を持ち続けていった氏の共通したテーマの一端がここに見られなくもない。そして「練糸痕」は氏の文学的想像力の萌芽であり、「曾根崎艶話」に至って開花したとも言えるかも知れない。

「曾根崎艶話」の個々の作品を細かく見ていくと、そこにはいろいろの欠点もあろう。しかし、この作品集を大阪の代表的な花街「曾根崎新地」の中において眺めた場合、すでに明治の大火によって失われてしまった「曾根崎新地」ではなく、それ以前の「曾根崎新地」の風俗の一齣を捉えているということと、作者の創造力の豊かさも加わって、この作品集を得がたいものにしているのである。

見方を変えて言うならば、たんなる花柳情話集というだけではなく、「曾根崎新地」の舞台にそびえ立つ美しい金字塔であるかも知れないのである。

（1）山梨日日新聞　自明治二十三年四月～至二十五日所載
（2）靄溪学人（小林一三）著　小説「練糸痕」公私月報第四十七号附録の序文　半狂堂　昭和九年八月刊
（3）同右所載
（4）急山人著「曾根崎艶話」籾山書店　大正五年一月刊
（5）小林一三著「曾根崎艶話」芙蓉書房　昭和二十三年十月刊
（6）大正版では漢字が総ルビとなっているが、戦後版ではルビが全部省略されている。しかし当時の漢字をそのまま使用しているので、特殊文字やあて字もあり、読みにくい部分がある。
（7）近松秋江著「舞鶴心中」
（8）吉見蒲州著
（9）平山蘆江・伊藤みはる著
（10）「理想的さしむかひ」の序
（11）小林一三著「奈良のはたごや」岡倉書房　昭和八年九月刊
（12）吉井勇著「東京・京都・大阪」中央公論社　昭和二十九年十一月刊

小林一三氏の略歴他に関しては、「「小林一三〈今日を築くまで〉」田中仁著　昭和十二年二月刊　信正社」、「「人間・小林一三」東郷豊著　昭和十三年十一月刊　今日の問題社」、「「小林一三伝〈日本財界人物伝全集第五巻〉三宅晴輝著　昭和二十九年七月刊　東洋書館」等を参考にした。

■編輯附記

本書は、大正五年一月に刊行された第一版、同年二月に刊行された増補第二版の籾山書店版及び昭和二十三年十月に刊行された芙蓉書房版とを校合し、振仮名は適宜取捨して振ることとし、仮名遣はもとのままに、ただし漢字は新字体を以てした。なお中嶋光一氏の一文は、昭和五十一年七月発行になる「大衆文學論叢」第四号に掲載されたものである。

（展望社編集部）

曾根崎艶話《そねざきえんわ》

本体価格　三二〇〇円

平成二十八年五月三十日初版印刷
平成二十八年六月十一日初版発行

著者　小林一三

発行者　唐澤明義

発行所　展望社
〒一一二－〇〇〇二
文京区小石川三の一の七　エコービル二〇二
電話　〇三(三八一四)一九九七
FAX　〇三(三八一四)三〇六三
振替　〇〇一八〇－三－三九六二四八
展望社ホームページ　http://tembo-books.jp/

印刷・製本　(株)東京印書館

2016,printed in japan ISBN978-4-88546-313-6

会話力　加島祥造著　四六カバー一九五頁　本体価格一五〇〇円

一億人のための辞世の句　坪内稔典著　四六変型カバー一六七頁　本体価格一五〇〇円

茶ばなし　外山滋比古著　B5変型カバー二二三頁　本体価格一五〇〇円

明治を彩る光芒—浅井忠とその時代　北脇洋子著　四六カバー三四五頁　本体価格二七〇〇円

幕末泉州の文化サロン—里井浮立と京坂文化人　北脇洋子著　四六カバー二六八頁　本体価格二〇〇〇円

■展望社■